ダンジョンおじさん

広路なゆる
NAYURU KOJI
Illustration ── ジョンディー
World design ── J・タネダ

2

[Contents]

プロローグ　おじさん、ダンジョンおじさんに戻る

「なんだか久し振りですね！」

「そうだな」

「ここはマスターとサラの馴れ初めの場所……」

（馴れ初めって……相変わらず……ませているな……）

二〇四二年秋――冴えなさそうな中年男性ジサンと、やや褐色肌で白銀の髪、山羊のような角のある少女サラの異色のコンビは久し振りにカスカベ外郭地下ダンジョン……その入口前広場に来ていた。

「それじゃあ行くぞ」

「はい！」

「特性：地下帰還」


「よし……」

地下帰還は無事、成功し、彼らの最高到達階層である九二階層の生活施設《ベースキャンプ》に降り立つ。

「マスター！」

「ん……？」

サラが警戒感のある声を発する。

「お!?」

その視線の先に誰かがいた。

その人物はなぜか置いてあった高級そうなソファでめちゃくちゃ寛いでいた。

「いらっしゃーい」

「あ、どうも……」

少女は色白、碧眼、碧髪に金のカチューシャ、飾り気の少ない白いワンピースを着ており、人間離れした雰囲気を醸し出している。特記すべきはいつも堂々としているサラがジサンの陰で萎縮していることだ。

「あ、自己紹介します。私、色々兼務しまくりのリスティアって言います」

「リスティア？　リスティア……リスティア!?　魔神《まじん》の!?」

「そうそれ！　正確には魔神《マシン》だけど」

「あ、そうなんですか……」

「……」

リスティアはエッヘンとでも言いたげな顔で胸を張っている。魔神ということはモンスターであるはずだが、名称は表示されていない。このクラスになると色々と権限が付与されているのだろう……

しかし、なぜこんな所に……などと思いつつ、

「それではまたいずれ……」

ジサンは生活施設を出ようとする。

「ちょっ！　待ってよ!!」

「え……？」

ジサンはリスティアをテイムしたい。とてもしたい。だが、魔神には敵わないだろう。そのように思っていた。無茶をしてキルアイテム呪殺譜を使用されるも、謎の生還を果たした際に、サラにもう死んでもいいなんて思わないと言った手前、勝算の低い戦いには挑まないことにしたのだ。

「その反応はびっくりするなー。せっかく来たんだからちょっとくらい話聞いてってよ」

「はぁ……」

（ということは、この魔神様はわざわざ俺に会いに来たのだろうか……）

「その通りだよ」

（……へぇ、それはまた奇特な……）

「あれ……？　おかしいな……普通は結構、みんな驚くんだけど……」

（……？）

ジサンはリスティアが自身《ジサン》の心の声を読んだような返答をしたことに気づいていなかった。

「まぁ、いいや……ところでな、魔王討伐の公表名の匿名化を許可したのはこの私なのだぞ？」

「あ、そうなのですか……その節はありがとうございます」

「あ、いえ……ご丁寧に……」

（ということは、ツキハさんの言っていた女神とはリスティアのことか。月丸隊とウォーター・キャットはすでにリスティアと交流があったということか……流石だ……）

「えーと、それで……どういったご用件で……」

「バグの件……」

「……!?」

「と言えばわかるかな……？」

「………あ、いえ、わからないので結構です」

「えっ!?　馬鹿なの!?」

「はい!?」

確かにジサンは学業の成績が良い方ではない。それより行間を読む、または察するという能力が人並みかそれ以下である。

「まぁ……確かに馬鹿かもしれません」

「あ、暴言を吐いちゃって、ごめんごめん」

リスティアは少し焦るような顔で謝罪する。

「いえ……」

「じゃあ、呪殺譜の件……と言えばわかるかしらん？」

「っ!?」

「端的に言うと、あれって実はバグだったんだ」

「ということは……まさか……改めて私を殺しに？」

　ジサンは無意識に後ずさりする。

「いやいや、その気はないよ。呪殺譜を使った人にはちょっと気の毒だけど、プレイヤー有利のバグは基本的には運営サイドの責任なのでね」

「……では、どういったご用件で？」

「このバグは君の死亡フラグが損傷してるのが原因でして……」

「っ⁉」

（つまり……どういうこと……？）

「ハード故障系のバグだから修復がそう簡単でもないんだよね。だから、今日はバグの謝罪に来たってわけ」

（いや、バグがなかったら俺、死んでたんだよな？　謝罪っておかしいだろ？）

「あ、いえ……とんでもないです」

「まぁ、一応、寿命死フラグは無事みたいなので、その辺は安心してね」

「あっ……！　はい……」

（……よく意味はわからないが良いことのようだ）

「えーと……それで結局、直されるのでしょうか？」

「どちらがいいですか？」

　リスティアはやや食い気味で尋ねてくる。

（死亡フラグの破損というものが具体的にどういう作用があるのかはイマイチわからないが、そりゃ……有利なら有利に越したことはないだろ）

「では、このままで……」

「わかりましたー！」

リスティアはニコリとする。

「まぁ、メリットの方が圧倒的に大きいけどデメリットもないこともないと思うよ」

（……！）

リスティアはこの一瞬だけ声のトーンがやや低くなる。

「ところでさ、バグの賠償として君に良い品物をあげるよ」

「っ!?」

リスティアは打って変わってニッコリ微笑みながらそんなことを言う。

ジサンはリスティアが去った後、彼女から受け取ったアイテムを確認する。

＝＝＝＝＝＝＝＝＝＝＝＝＝＝＝＝＝＝＝＝＝＝＝＝＝＝＝＝＝＝＝＝＝＝＝＝

■魔具：モンスター・ストーン

【効果】

任意のテイムモンスター一体をランクアップさせる。

＝＝＝＝＝＝＝＝＝＝＝＝＝＝＝＝＝＝＝＝＝＝＝＝＝＝＝＝＝＝＝＝＝＝＝＝＝

（ランクアップとは、優勢配合と同じような効果と考えればいいのだろうか？）

「やばい人に絡まれてしまったが気を取り直して……」

「はい……マスター」

サラは少しばかり悄気《しょげ》ていた。リスティアは去り際にこんなことを言っていたのだ。

『サラ、ＧＭ権の乱用はほどほどにね！　私は管轄外だけどさ』

サラは俺のためにギリギリのことをしていたりするのだろうか……だとしたら申し訳ない……などと思うジサンであった。

「さて、とりあえず……あれを使ってみようと思う」

「あれ……ですか？」

「最強千《さいごうち》だ」

「っ⁉」

最強千とは魔王：エスタ討伐報酬であった。

＝＝＝

■魔具：最強千

【効果】

使用者が最上位プレイヤー同等になれる。

ただし、対象となる最上位プレイヤーとして特殊プレイヤーは除外する。

＝＝＝

（特殊プレイヤーとは、例えばサラのようなプレイヤーであろうか……確かに仮に魔神もプレイアブルであるとしたら、とてつもなく強くなってしまうな……）

「少々、怖くもあるがダンジョン攻略するうえで自身が強いに越したことはない」

「そ、そうですね……ものは試しです。とりあえず使ってみては？」

最強クラスのプレイヤーである月丸隊と共に戦ったことで自身も決して弱くはないことはわかった。しかし、この最強千を獲得できたことは最強の男、ユウタ不在によるところが大きいとジサンは感じていた。

「お、おう……ではいくぞ……」

「はい……」

ジサンは少々、緊張しながら宣言する。

「魔具：最強千」

【現在のステータスでは使用できません】

「…………えっ？」

「どうでした？」

「なんかメッセージが出て、使えないんだが……」

（アイテム自体は消えてないな……まさか……）

「またバグか……？」

「うーん、どうでしょう……マスターがすでに……」

「ん？」

「い、いや……何でもないです……！」

マスターが通常プレイヤー最強と気付いて自信を付けてしまったら、もっとたくさんの低俗な女が擦り寄ってくるかもしれない！　という危機感がサラの中で生じた。

「まぁ、いいか……また今度、考えよう」

「そうしましょう！　さぁ、気を取り直してサラとのダンジョンデー……」

「えーと、人も少ないし、あいつを使うか……」

ジサンはディスプレイをタップする。

「がぅぅ」

と、大きめのドラゴンが現れる。

「おう、使役するのは優勢配合以来だな……よろしく頼む、デリケート・ドラゴン」

「がぅ……！　…………がっ!?」

デリケート・ドラゴンが尻尾を縮こませ、怯えるような仕草をする。

「ん？　どうした？　相変わらず繊細だな」

繊細であるのは間違いないが、デリケート・ドラゴンはジサンの傍らの山羊娘から妙な殺気を感じたのであった。


カスカベ外郭地下ダンジョン九二階層では、ＰやＱランクのモンスターが群を成して襲ってくる。下手をしたら魔王よりも危険である。そのため、流石に強力なデバフが発生する１００％テイム武器である〝契りの剣ＴＭ〟を常時、装備する余裕はない。従って、ジサンはテイム性能はやや劣るが、デバフの少ないテイム武器を使用していた。しかし、サラがいることにより一人で潜っていたときよりはランクの高いテイム武器を使用できた。おかげで、時々、ランクＯのモンスターがテイムできた。

＝＝＝
アーク・スフィア　ランク０
ソフト・オーク　　ランク０
ムレムレ　　　　　ランク０
＝＝＝

◇

九二階層にアタックを開始して一週間くらい過ぎた頃、追加魔王最後の一体、エデン討伐の報せが届いた。

＝＝＝
◆二〇四二年一一月
魔王：エデン
「討伐パーティ〈ああああ〉
「シゲサト　　クラス：剣聖
＝＝＝

（ソロ討伐か……すごいな……そしてこの適当なパーティ名よ……）
しかし、シゲサトってどこかで聞いたことあるような……

九二階層攻略開始2週間後、ジサンらは九三階層生活施設に到達する。ジサンが一人で攻略していた頃は、九〇階層を越えてから一人＋一匹では一ヶ月程度かかっていた攻略が二人＋一匹ならその半分で達成することができた。
九三階層の攻略を開始してしばらくすると、魔王追加の報せが舞い込んでくる。

＝＝＝＝＝＝＝＝＝＝＝＝＝＝＝＝＝＝＝＝＝＝＝＝＝＝＝＝＝＝＝＝＝＝＝＝＝

〈難易度〉〈名称〉　〈報酬〉〈説明〉
魔王　ガハニ　魔具：回生の御守り　次の戦闘で使用者は一度だけ瀕死回避できる
魔王　ピロロロ　魔具：転移陣　一度だけ任意の駅にワープできる
魔王　フンソウホウ　魔具：自家用車　自家用車を使用できる
魔王　ネネ　魔装：珠玉槌　鍛冶スキル、特性の強化
魔王　ハドリゲ　魔装：フェアリー・マイク　声属性のある魔法、スキル、特性の強化
魔王　タケルタケシ　特殊クラス：魔王　特殊クラス：魔王になれる

魔王　ギャディン　魔具：暴君の手袋　付近の任意のプレイヤーの任意のアイテムを強奪する
魔王　マリキチ　魔具：招金グローブ　戦闘勝利時に貰えるカネが二倍になる
＝＝＝＝＝＝＝＝＝＝＝＝＝＝＝＝＝＝＝＝＝＝＝＝＝＝＝＝＝＝＝＝＝＝＝＝

（八体追加か……プレイヤー全体のレベルアップもあってか報酬の魅力度はやや下がったような気もするが……特に気になるのは……）

「特殊クラス：魔王が追加されたな……」

「そうですね……」

「これでサラのクラスも誤魔化しが効き易くなるといいのだが……」

「うーん……そうですね」

サラはジサンの意図がイマイチわからなかった。

「長い付き合いになりそうだからな……」

「っっっ!!」

そ、それは……実質、プロポー……などと妄想しているサラを余所に……

「あとは魔王：ネネの珠玉槌が多少気になるが……差し当たってここを抜けてまで狙いに行きたい魔王はいないかな……」

それから一ヶ月後、ジサン達は九四階層を攻略し、九五階層に到達していた。
この間、初めて野良でQランクモンスターを入手した。

＝＝＝＝＝＝＝＝＝＝＝＝＝＝＝＝＝＝＝＝＝＝＝＝＝＝＝＝＝＝＝＝＝＝＝＝

ミスリル・デーモン　ランクQ

＝＝＝＝＝＝＝＝＝＝＝＝＝＝＝＝＝＝＝＝＝＝＝＝＝＝＝＝＝＝＝＝＝＝＝＝

また、牧場レベルが4に上昇した。

＝＝＝＝＝＝＝＝＝＝＝＝＝＝＝＝＝＝＝＝＝＝＝＝＝＝＝＝＝＝＝＝＝＝＝＝

牧場レベル：4
生産力：10994
総戦力：51249

モンスターリーダー：ディクロ

ファーマー：サイカ

解放施設：

自動訓練施設、優勢配合施設、〝限突配合施設〟、生産施設

生産対象：

フックラ・オーク（素材）

ソフト・オーク（素材）

精霊：

フレア、シード、リトーション・シャドウ

＝＝＝＝＝＝＝＝＝＝＝＝＝＝＝＝＝＝＝＝＝＝＝＝＝＝＝＝＝＝＝＝

［ジサン：新設された限突配合施設って何だ？］

［ダガネル：牧場レベルアップおめでとうございます！　物は試しですよ。とりあえずオーナーお気に入りのドラゴンくん、そろそろレベル上限到達ですよね？　優勢配合をしてみてはいかがですか？］

［ジサン：……そうだな］

ジサンはダガネルのアドバイスを受け、デリケート・ドラゴン（ランクＯ）を優勢素体としてムレムレ（ランクＰ）との優勢配合を行おうとする。しかし……

［優勢配合ランクアップ先のモンスターが存在しないため優勢配合できません］

（何と……!?）

［ダガネル：とまぁ、そんな感じで優勢配合できない時もあるのです］

［ジサン：もうデリケート・ドラゴンは完全に終了なのか!?］

「がぅぅぅぅ……」

何かを察したのかデリケート・ドラゴンは悲しそうに唸る。

［ダガネル：そこで限突配合……すなわち限界突破配合の出番です！］

［ジサン：なんと］

［ダガネル：限突配合は優勢配合と似ていますが結果が異なります。限突配合では、モンスターの種族は維持したままレベル限界が上昇します。例えばＯランクでレベル限界８０のモンスターをＰランクと掛け合わせればレベル限界がＰランク相当の９０になったりするわけです］

［ジサン：素晴らしいな］

［ダガネル：ただし、限突してＰランク相当となったＯランクモンスターより普通のＰランクモンスターの方が強力であることが多いという点はご留意ください］

［ジサン：なるほど……例えば限突したモンスターは再び優勢配合可能になることはあるか？］

［ダガネル：勘がいいですね。ありますよ。Ｐランク相当に限突したＯランクモンスターとＱランクモンスターを掛け合わせれば、もしかしたら正当進化したＱランクモンスターが配合できるかもしれ

ないですね」
［ジサン：教えてくれてありがとう。では、やってみる］
【限突配合】
デリケート・ドラゴン（ランクO）×ムレムレ（ランクP）
→デリケート・ドラゴン（ランクO＋1）
【優勢配合】
デリケート・ドラゴン（ランクO＋1）×ミスリル・デーモン（ランクQ）
→失敗
【限突配合】
デリケート・ドラゴン（ランクO＋1）×ミスリル・デーモン（ランクQ）
→デリケート・ドラゴン（ランクO＋2）

＝＝

■デリケート・ドラゴン　ランクO＋2
レベル：90
HP：2420　MP：0
AT：929　AG：476
魔法：なし

スキル：織爪、千砕、クリムゾンブレス、体を休める
特性：過敏、飛行
＝＝＝＝＝＝＝＝＝＝＝＝＝＝＝＝＝＝＝＝＝＝＝＝＝＝＝

そして、数週間を掛けて、ジサンらは九五階層の最深部に到達する。

「おい……これ……まさかボス部屋か……？」

「マスター……そのようです……」

カスカベ外郭地下ダンジョン、九五階層にして初めてボスの間と思《おぼ》しき扉のある部屋が出現する。

ここのところ安全プレイに徹していたジサンの心が疼く。

「サラ……すまん……TM《デバフ状態》で行ってもいいか？」

「勿論です！　マスター！」

1章　モンスター水族館

とある夜――ジサンらが九五階層に到達するよりも前の出来事――

トウキョウはユウラクチョウの一角にて。

「貴方の持つ〝魔剣レーヴァテイン〟を譲ってはくれませんかねぇ？　えぇ……無料《ただ》でとは言いません……十万カネほどで……」

「へへ、兄さん、このレーヴァテインがどんな代物か知ってるのか……？　しかも十万カネという無料同然で譲れだと？　……流石に舐めてるだろ？」

四人に囲まれた一人の男は抵抗を示す。

「それは私達が〝哨戒商会〟であると知ったうえでの回答ですかね？」

「っ……！　それは脅しか？　お前達が魔王：マリキチを討伐したというのは知っている。だが、それとこれとは関係ない」

「そうですか……残念です……」

「あぁ……交渉は決裂だ……じゃあな……！」

男は去ろうとする。

「っ……！」

しかし、四人は立ち塞がり、それを阻止する。

「いえいえ、本当の交渉はこれからですよ……」

「えっ……？」

「ミツミ、お前は少し離れてろ……」

「えーっ……！　俺もツビさんの交渉術……見てみたいです……！」

ミツミと呼ばれる西洋風の顔立ちをした少年はそう言う。

「お前にはまだ本当の交渉は早い……いずれな……」

「わかりましたよー！」

そう言うと、ミツミはやや不満そうな顔ではあるもののその場を離れる。

「…………さて」

「いい加減にしてくれ！　交渉は決裂だ！　こちらはもう話すことなんて何もない！」

「おぉ、それは奇遇ですね……実はこちらも話すことはもうないのです……」

「え……？」

【魔具：魔物寄せ（強）が使用されました】

男性は自身のポップアップに表示された文字を見て、自身の目を疑う。

「グルルルル……」

「っ!?」

そしてすぐに大型の獣の姿をしたモンスターが出現する。

「おっと、偶然にもこんなところに強力なモンスターが……」

「お、お前ら……まさか……」

「あとは君がそのレーヴァテインをドロップしてくれることを祈るのみ……」

「っ!? ま、待て……！　交渉だ……！　五百万カネで……」

「………」

ツビは冷たい目で男を見つめる。

「わ、わかった……！　十万……！　十万だ……！」

「承知しました。交渉成立です」

ツビはニコリと微笑む。


渋々、レーヴァテインを受け渡した男は去っていく。

「ツビ、今日の商談も成功だな……！」

「あぁ……今日は人が死なずに済んで本当によかった……人助けとはよいものだ」

「よく言うわ……！」

「「「ダハハハハハ」」」

哨戒商会の三人は上機嫌に笑う。

が、その時であった。

「あーあー、君たち……駄目だよ、そんな悪いことしちゃ……」

「「っ!?」」

そこには白い装備に身を包んだ三人の人物がいた。

その中の一人、真ん中にいる人物は兎のような長い耳を付けている。

「な、なんだ……貴様ら……！」

「何って君たちがさっき使った魔具は何かな……？　思い出してごらんよ」

「っ……!?」

「はい、時間切れです」

兎の耳の人物は、ものの数秒で、哨戒商会の三人に対し時間切れを宣告する。

「君達が使ったのは、〝魔物寄せ〟。つまり正解は〝モンスター〟だよ」

「なっ……!?」

「君達は僕をキルしてくれるかな？　楽しみだよ」

「――……！」

これまで圧倒的な力の差により、理不尽を押し付けていた強者は、より強い理不尽に蹂躙される。


ジサンらが九五階層のボスに到達するまでの一ヶ月の間にいくつかの魔王攻略が達成される。

＝＝＝

◆二〇四三年一月

魔王：ガハニ

└討伐パーティ〈P・Ower〈K選抜〉〉

├ワイプ　【死亡】　クラス：剣豪

├バウ　　【死亡】　クラス：ガーディアン

├ズケ　　【死亡】　クラス：アーク・ヒーラー

└シイソウ　　　　　クラス：魔女

＝＝＝

◆二〇四三年一月

魔王：フンソウホウ

└討伐パーティ〈Starry☆Knights〉

├ゲンゾウ　クラス：聖騎士

├セン　　　クラス：ジェル・ナイト

├リマ　　　クラス：マジック・ナイト

└ナン　　　クラス：ヒール・ナイト

＝＝＝

◆二〇四三年一月
魔王：マリキチ
「討伐パーティ〈哨戒商会〉
├ツビ　【死亡】　クラス：マネージャー
├ミツミ　　クラス：ブラックスミス
├ズウホ【死亡】　クラス：盗賊王
「ソナタ【死亡】　クラス：ジェネラル・ヒーラー

＝＝＝＝＝＝＝＝＝＝＝＝＝＝＝＝＝＝＝＝＝＝＝＝＝＝＝＝＝＝＝＝＝＝＝＝

しかし、そのうち二パーティの六名が攻略後、すぐに死亡するという怪現象が起きていた。前のリリース・リバティBのメンバーと合わせて、魔王討伐の三パーティが一人を残して死亡するという事件により掲示板はかなり荒れていた。これにより魔王討伐の勢いがやや減衰する。

ジサンは月丸隊のことが気になっていた。公開リストを見る限りは死亡にはなっていなかったが、ダンジョンに来る前、共に旅をし、魔王：エスタを倒した彼女らに何か起こっていないかと心配になったのだ。少し前の彼ならば考えられない現象であった。悩んだ挙句、彼は一つの決断をする。

［ジサン：物騒ですがそちら大丈夫ですか？］

（…………あ、やっぱ取り消……）

［ツキハ：ご心配ありがとうございます!!　こちらは今のところ大丈夫です！　ただ、確かに何だか

不気味ですね」
（はやっ……！）
［ジサン：そうですね。なるべく単独での行動は控えて、お気を付けください］
［ツキハ：はい！　気を付けます!!］
ツキハは嬉しかった。完全に信用しているのかもしれないが、メッセージ一つ寄越さない奴《ミテイ》もいたからだ。

一方、ジサンはサラに加えて、隠魔王にして、サラを除き、所持するテイムモンスターの中で、最高ランクのディクロの最強布陣により、九五階層ボスを撃破、テイムに成功する。またドロップ品として福引券Rを入手する。

＝＝＝＝＝＝＝＝＝＝＝＝＝＝＝＝＝＝＝＝＝＝＝＝＝＝＝＝＝
ベヒルス　ランクR
＝＝＝＝＝＝＝＝＝＝＝＝＝＝＝＝＝＝＝＝＝＝＝＝＝＝＝＝＝
＝＝＝＝＝＝＝＝＝＝＝＝＝＝＝＝＝＝＝＝＝＝＝＝＝＝＝＝＝
■魔具：福引券R

【効果】
使用するとランダムで選ばれた三つのアイテムから一つを選択し、入手できる。三日以内に使用しないと消滅する。

＝＝＝＝＝＝＝＝＝＝＝＝＝＝＝＝＝＝＝＝＝＝＝＝＝＝＝＝＝

九六階層、生活施設（ベースキャンプ）に到達してまもなく、ゲームに更に一つの変化が齎される。
難易度〝魔帝〟ランクの公開であった。

＝＝＝＝＝＝＝＝＝＝＝＝＝＝＝＝＝＝＝＝＝＝＝＝＝＝＝＝＝

〈難易度〉〈名称〉〈報酬〉〈説明〉
魔帝　ナード　魔具：慈愛の雫　全員瀕死時、全員全回復する
魔帝　ジイニ　魔具：雌雄転換　使用者は性転換する
魔帝　リバド　魔具：仙女の釣竿×4　よく釣れる釣竿
魔帝　カガ　特性：召喚獣使役　召喚獣を使役できる

＝＝＝＝＝＝＝＝＝＝＝＝＝＝＝＝＝＝＝＝＝＝＝＝＝＝＝＝＝

魔帝はボスリストにおいて、大魔王と魔王の間に挿入された。その位置から大魔王と魔王の中間くらいの強さであると推察された。魔帝は出現条件も提示されていたが、これまでの魔王に比べ、ややユニークな物が多かった。

更に珍しいことに発表から数時間後に、ボスの交代が発表された。

＝＝＝＝＝＝＝＝＝＝＝＝＝＝＝＝＝＝＝＝＝＝＝＝＝＝＝＝＝＝＝＝＝＝＝＝

〈難易度〉〈名称〉〈報酬〉〈説明〉

魔帝　リバド　魔具：雌雄転換　使用者は性転換する

魔帝　ジイニ　魔具：仙女の釣竿×4　よく釣れる釣竿

＝＝＝＝＝＝＝＝＝＝＝＝＝＝＝＝＝＝＝＝＝＝＝＝＝＝＝＝＝＝＝＝＝＝＝＝

リバドとジイニが入れ替わっていた。条件等に変更はなく、単純に配置が変更されたようだ。そして、ジサンにとっても魔帝の報酬の中に惹かれるものが一つあった。生活施設にいたこともあり、ダンジョンを出る良い機会でもあった。階層攻略を始めてしまった場合、途中でダンジョンを出るのは効率を考えると勿体ないからである。しかし、魔帝報酬はジサンをダンジョンから出すことを決断させるには至らなかった。

ガラガラガラ……
少々、シュールな演出の後、結果が表示される。

＝＝
【福引結果】
①魔装　魔剣レーヴァテイン　強大な炎を秘めし魔剣
②魔具　回生の御守り　次の戦闘で使用者は一度だけ瀕死回避できる
③魔具　アクアリウムC　巨大水槽。水生モンスターを飼育できる
＝＝

（あれ……？　②って、魔王：ガハニの報酬だ。運がいいな……）
ジサンは大して迷うことなく〝アクアリウムC〟を選択し、久しぶりにダンジョンを出ることにした。牧場にアクアリウムを設置するために……

「それじゃあサラ……外に出るぞ」

「はい！　マスター」

「特性：地下帰還」

想定通り、カスカベ外郭地下ダンジョンの入口前広場に出る。ダンジョンに潜っている間に年を跨ぎ、季節は秋から冬に変わっていた。冬のどこか薄く感じる空気と朝の日差しがジサンらを迎えてくれる。相変わらずカスカベ外郭地下ダンジョンの入口前広場は人が多い。と……

「わぁあああああ！」「きゃあああああああ！」

悲鳴……ではなく、歓声が上がる。

（!?　な、何事だ？）

歓声をあげる人々を見ると、入口付近……つまりジサン達の方を見ている。

（えぇえぇえ!?）

「ミズカぁああ！」「ユウタさん、おかえりーー」「キサちゃんこそ正義」

（……え？）

よく見ると、人々が見ているのはジサン達……ではなく、ジサン達の隣にいた三名であった。

彼らは元祖の第三魔王、第一魔王を討伐したパーティ〝ウォーター・キャット〟であった。

「久しぶりの外、やっぱり気持ちいいね」

「熱烈な歓迎に感謝だぜ」

パーティの中の一人の女性と一人の男性がそんなことを呟いている。

一人は肩より少し長いくらいのストレートなミディアムに明るめの髪色の女性で、公開されている写真の通り、高水準の顔面偏差値をしていた。

ウォーター・キャット筆頭の魔女のミズカである。

(……でも格好が魔法職っぽくないな)

ミズカはどちらかというと騎士風の格好をしていた。もう一人は……

(あれ……？　この人ってユウタさんか……顔が全然違うが……)

まぁ、特殊な特性か魔具の類だろうとジサンは名推理……いや、迷推理する。ユウタは月丸隊とウォーター・キャットの両方に名を連ねており、ジサンはユウタが実質的、最強の人物と思っている。

(兼任大変だな……挨拶くらいした方がいいだろうか……)

「あ……あの時の……」

(ん……？)

喧騒の中、三名の中の一人、白黒の帽子を被った女の子がこちらに気付く。

「あっ……」

確か、彼女はカモガワオーシャンワールドで遭遇したヒール・ウィザードのキサであった。

「あ……あの時のお姉ちゃん、覚えていてくれたの？」

いつも割と尊大な態度のサラであるが、なぜかこの人には見た目相応の対応をする。

「シャチフレは忘れない」

「わーい、ありがとう！　ところで何してるの？」

「……」

キサはすぐには答えない。

「あれ？　キサが誰かに話し掛けるなんて珍しいな」

ユウタが割り込んでくる。ジサンは軽く会釈をする。

「……？」

ユウタは不思議そうな顔をしつつも会釈を返す。

「えーとな、俺達はわけあってカスカベ外郭地下ダンジョン一〇〇階層を目指しているんだ」

「へぇー」

「ユウタ……そういうのは言わない方が……」

ジサンはツキハからもウォーター・キャットがカスカベ外郭地下ダンジョンに来ているとは聞いていたが一〇〇階層を目指しているとは初耳であった。

（……一〇〇階に何か特別なものがあるのだろうか……）

「まぁまぁ、いいじゃん。減るものじゃないし」

「ユウタ……彼らはすごく強いかもしれない。下手したら減る」

「えぇ!?」

「ちょっとユウタ！　ミテイさんもアホって言ってるよ！」

「す、すまねえ。ミテイの兄貴……！」

（……？　なんだこの人達……だからミテイって誰だ？　幽霊か？）

あながち間違ってもいなかった。

「でも、なら、どうして出てきたんですかー？」

サラは更に突っ込む。

「え……それは魔帝の……」

「ユウタ！」

「あ、いや、何でもないですぜ」

（魔帝の…………報酬を狙ってる⁉　やはり彼らもアレを……⁉　となると、あまりうかうかしていられないな……）

勿論、両者が狙っている物は異なる。


ウォーター・キャットの面々と離れ、人気《ひとけ》の少ないところまで来る。

「さて、久々に戻るか。牧場に……」

「はーい」

ジサンは週一回の牧場帰還のワープ権限を行使する。


「ジサン：アクアリウムを設置したいのだができるか？」

ジサンは牧場前のフロアに着くと、すぐにダガネルにメッセージを送る。彼は神出鬼没なので、自分から会いに行くことは難しい。

「ダガネル：あら？　帰っていたのですね。アクアリウムの設置、もちろん可能です。海洋エリア付近に設置しましょうか」

「ジサン：頼む」

「ダガネル：ＯＫです。すぐに設置します」

［ダガネルがアクアリウムＣ委譲の承認を求めています。承認しますか？］

［はい］

「おぉ……！」

ジサンは思わず感嘆の声をあげる。

「すごいですね！　マスター！」

「おぅ……」

（……想像以上にしっかりした設備だ）

海洋エリア付近には、まるで水族館のような建造物が出来上がっていた。無骨な巨大水槽一つと想像していたジサンは思わぬ結果に内心大喜びする。

「中に入ってみますか？」

「お？　おぉ……！」

どこからともなく現れたダガネルに誘われ、中に入ることにする。


（うお……！）

「うわぁあ！　すごいですね！　マスター！」

水族館内部には数種類の大型の水槽が陳列されていた。水族館の入口付近には小型の生体をしっかりと観察できそうな中型（といっても十分大きい）の水槽、奥に進めば、水族館の主役となりそうな巨大な水槽。それらは非常に期待感を膨らませる。だが……

「でも何もいないですね、マスター」

「お、おぅ……」

サラの言う通り、水槽は空っぽ。今のままではただの貯水タンクである。

「ふふ、それはこれからの楽しみじゃないですか？　今いる水生モンスターもいくつか入れることができると思いますが……」

「なるほど……」

「アクアリウムの副次効果として、水生モンスターであればアクアリウムに収容可能な範囲でモンスターBOXの五〇〇上限の枠を超えて、テイムすることができますよ」

（なんと……！　尚更、〝アレ〟を入手しなくてはならないな……）

ジサンの中で、何となく欲しいと思っていたものが、かなり欲しいへと昇華する。

「あっ、ちなみにですが、これは珍しいCタイプですね」

「ん……？」

「ほら、アクアリウム〝C〟って書いてあるじゃないですか？」

「確かに……」

（Cとは何なのか……多少、気になってはいたが……）

「どういう効果があるんだ？」

「どうやらこのアクアリウム……いや、水族館はカスタマイズ可能なCタイプのようです」

（……カスタマイズ可能……）

「特徴としては、その名の通り、通常のアクアリウムに比べて、自身での拡張性が高いです。水槽の位置を変更したり、施設そのものを自分で開発したりすることができます。ただし、デメリットとして、維持費が掛かります」

「維持費……？　どれくらいだ……？」

「拡張状況により変動もしますが、初期状態では、一か月でだいたい五〇〇万カネです」

「ごっ、五〇〇万カネ!? そ、そんなにか……!?」

「そんなにです。ただ、慌てないでください。一方でもう一つ、大きな特徴がありまして……」

「なんだ?」

「水族館を一般向けに公開することができます!」

「えっ……?」

「だから、この水族館を一般のプレイヤー向けに公開することができるんですよ! もちろん、有料にすることもできるというわけで、そうすることで維持費をペイ……いや、うまくいけばリターンも期待できるわけです!」

「な、なるほど………いや待て、公開するってことはこの牧場に人が来るのか?」

「いいえ、入口は別の場所にすることができます。入口は別の場所で、一般客はそこからこの水族館にワープして鑑賞することができます。一般客は水族館の外に出ることはできないので、牧場内に一般客が入ることはできません。一方で、管理側は実際の設置位置……つまり、牧場から入ることができますが、入口から出ることはできません」

「そういうことか……」

(新たにワープが可能になるわけではないのだな……)

「入口はどこでもというわけではなく、いくつかの候補地から選ぶことになりますが、今のところ、アクアリウムCを所持しているのはオーナーだけなので、好きなところを選べるようです。カントウだと、カサイ、イケブクロ、シナガワ、カワサキなどですね。選びたいならお早めが良いかと」

「そうか……」

（……しかし）

ジサンは二つ返事ができなかった。

一般客に公開するということは、それは即ち、世間の人との交流が増える可能性が高まるということを意味する。世間との関わりが苦手なことから過去に安楽死を選択するまでに追い込まれていたジサンはその点において少なくはない不安を覚えたのであった。

（しかし昔なら信じられないが……五〇〇万なら、カスカベ外郭地下ダンジョンの深階層でしばらく生活するか、強めのボスを倒せば払えないことはない……）

「オーナーいかがしますか？」

無意識に少々、深刻な表情になっていたジサンの顔を窺うようにダガネルが尋ねる。

（……）

「け、検討しておく……」

「そうですか……わかりました」


水族館のことが少し引っ掛かりながらも、ジサンは配合施設へと向かった。実のところ向かわなくてもメニュー上で実施可能なのだが、せっかく現地に来ているので施設内で配合を行うことにする。

（……まずは……）


＝＝＝＝＝＝＝＝＝＝＝＝＝＝＝＝＝＝＝＝＝＝＝＝＝＝＝＝＝＝＝＝＝＝

■フェアリー・スライム　ランク０〝＋２〟
レベル：７０
ＨＰ：１２３７　ＭＰ：４９６
ＡＴ：５３０　ＡＧ：７２３
魔法：エレメント、メガ・ヒール
スキル：まとわりつく、硬化タックル、妖精の歌
特性：液状

＝＝＝＝＝＝＝＝＝＝＝＝＝＝＝＝＝＝＝＝＝＝＝＝＝＝＝＝＝＝＝＝＝＝

カスカベ外郭地下ダンジョンで入手したＰランク、Ｑランクモンスターを素体として、フェアリー・スライムの限突配合を行う。

フェアリー・スライムはその緩い見た目とサイズ感からどんなシーンでも使いやすいという特徴により濃いメンバーの中で貴重な存在である。優勢配合をした結果、想定外の姿になることを恐れ、ジサンはフェアリー・スライムに関しては姿を変えずに育てていくことにしたのである。

＝＝＝

ディクロ　　　　　　ランクR　US

フレア　　　　　　　ランクQ　US（精霊）

シード　　　　　　　ランクQ　US（精霊）

デリケート・ドラゴン　ランクO＋2

フェアリー・スライム　ランクO＋2

ドミク　　　　　　　ランクO　US

US：ユニーク・シンボル

＝＝＝

現在、ジサンがわりと頻繁に使役するモンスター達である。言ってしまえば〝お気に入り〟達である。なお、ユニーク・シンボルは配合ができない代わりに、ランクにかかわらず元からレベル上限がないようだ。

そして本日のメイン・ディッシュ。非ユニーク・シンボルのランクRをテイムした時から決めていた。

【優勢配合】

デリケート・ドラゴン（ランクO＋2）　×　ベヒルス（ランクR）

配合不可メッセージは表示されない。

【ピュア・ドラゴン（ランクR）が生成されました】

「おぉ……！」

「がぅ……」

サイズ感はあまり変わらず少しゴツゴツ感が抑えられよりシンプルなデザインになった。

BEFORE

＝＝＝＝＝＝＝＝＝＝＝＝＝＝＝＝＝＝＝＝＝＝＝＝＝＝＝＝＝＝＝＝＝

■デリケート・ドラゴン　ランクO＋2

レベル：93

HP：2510　MP：0

AT：964　AG：492

魔法：なし

スキル：繊爪、千砕、クリムゾンブレス、体を休める

特性：過敏、飛行

＝＝＝＝＝＝＝＝＝＝＝＝＝＝＝＝＝＝＝＝＝＝＝＝＝＝＝＝＝＝＝＝＝

↓↓↓

AFTER

＝＝＝＝＝＝＝＝＝＝＝＝＝＝＝＝＝＝＝＝＝＝＝＝＝＝＝＝＝＝＝＝＝＝＝＝

■ピュア・ドラゴン　ランクR

レベル：100

HP：3197　MP：0

AT：1201　AG：667

魔法：なし

スキル：純撲、千砕、バイオレットブレス、体を休める

特性：純粋、飛行

＝＝＝＝＝＝＝＝＝＝＝＝＝＝＝＝＝＝＝＝＝＝＝＝＝＝＝＝＝＝＝＝＝＝＝＝

（見た目はそれほど変わってはいないな……しかし、ピュア……純粋か……かつて俺もそんなことを言われたことがあるような……）

現実社会では、やんわりと〝空気読めないね〟……のような意味で使われることもある。

「よろしくな……ピュア・ドラゴン……！」

「がぅう……」

（……あまり性格は変わっていないかな？　しかし……）

ジサンは多少、しっくり来ない感じを抱いていた……

「あ、小嶋《おじま》くん、来てたんだ。えーと、結構、久しぶりだね……」

「きゅぅうん」

「久しぶりです」

生産エリアに行くと、ファーマーが板につき始めたサイカがいた。また精霊達も出迎えてくれる。

精霊達は時々、使役しているのでジサンにとって久しぶりという程でもないが……

あと、サイカにしがみついているギダギダがいた。ギダギダはＯランクの小悪魔族のモンスターであり、なぜかサイカを気に入って、いつも纏わりついている。

「どうです？　調子は」

「おかげ様で何とかやってるわ。精霊達もすごく頼りになるし……ディクロさんも優しいし」

「そうですか。それはよかったです」

（ディクロって優しいのか……？）

実はジサンは生産エリアについてサイカに一任している。牧場情報によると……


＝＝＝＝＝＝＝＝＝＝＝＝＝＝＝＝＝＝＝＝＝＝＝＝

生産対象：

フックラ・オーク（素材）
ソフト・オーク（素材）
ホゲホゲ・オーク（素材）
＝＝＝＝＝＝＝＝＝＝＝＝＝＝＝＝＝＝＝＝＝＝＝＝＝＝＝＝＝＝＝＝＝＝＝＝＝＝＝

いつの間にか豚だらけになっている。

「小嶋くん、実はファーマーの特性で〝品種改良〟というのができるようになったんだけど……」

「え……？」

「何でも家畜系モンスターを掛け合わせて新しい品種を作れる……みたいなの」

「なんと」

「やってもいいかな？」

サイカは控えめな様子で確認してくる。

「お任せします」

「ありがとう！　出荷が楽しみね！」

サイカは少しだけ微笑む。

「あ、はい……」

（…………出荷？）

（……さて、これからどうするか……）

ジサンは牧場から出て、エレベーターホールに立つ。

「あ！　本当に来てる……！」

「はい……？」

ジサンは突如、知らない人物に話しかけられる。

身長は一六〇センチくらい。髪は首くらいまでやや短めで、ごつごつしたダークな雰囲気のアーマーを着込んでいる。均整の取れた顔立ちをしているが中性的で、胸も多少、膨らみがあるような気もするが、確信を持てる程の主張はなく、ジサンは性別が判別できなかった。

「俺、ここの98Fのオーナーをやってます、クラス：ドラグーンの〝シゲサト〟って言います！お初にお目にかかれて光栄です……！」

（……俺……ってことは男だな）

「あ、どうもです」

ジサンは初対面の相手にしては比較的、良い反応を示す。

98Fのオーナーということは、彼もテイム仲間である可能性が高い。それと対面して思い出したのだが、シゲサトはジサンが牧場オーナーになった初期に、時折、レンタルに出していたモンスター

を使役していた人物であり、金銭的に苦しい時期に募金をしてくれていたその人であった。

「オーナーってもしかして掲示板にここの存在を書いた人ですよね？」

「あ、確かにそうです」

「ですよね！　ですよね!!　俺、それを見て、速攻でここに来て、それで98Fを買っちゃったんです。本当は99Fが良かったんですけど、お金がなくて……」

「そうなんですね」

「ダガネル君から、100Fにはすごい人がいるよって伺っていて、一応、男性の方だとは聞いていて……それで、ずっと会いたかったんです……！」

「そ、そうなんですね……」

正直、悪い気分ではないジサンがいた。

（あれ……シゲサトって、魔王：エデンを討伐した奴と同じ名前だな……でもクラスは〝ドラグーン〟じゃなくて〝剣聖〟だったような……）

「えーと、もうちょっと自己紹介すると、魔王：エデンを倒したりもしました」

タイムリーに聞きたいことを補足してくれる。

「ソロで倒すってすごいですね……」

「いやぁ、正直、死にかけましたね」

「そうだったんですか……大変でしたね……」

「だけど、その甲斐あって目的の〝テンナビ〟はゲットできました」

（……テンナビ……確か、同ランクのクラスに変更できる魔具だったか）

「俺、クラス変更でボタン押し間違えて、〝剣聖〟になってしまったんです」

（……何という致命的ドジ）

「剣聖って魔物使役を継承できないじゃないですか？　有り得ないっすよね」

「確かに……」

ジサンはウンウンと頷く。

「でも、どうしても〝ドラグーン〟を諦め切れなくて……」

ジサンは納得する。

「あの……もしよかったら俺の牧場、少し寄っていきませんか？」

「あ、はい……」

「えっ？　行くのですか？　マスター……！」

いつになく早く、二つ返事をしたジサンにサラが若干の抵抗を示す。

「まずいか……？」

「い、いや……そんなことは……」

能天気なマスターの対応の余所で、サラは警戒感を抱く。新たなライバル出現の可能性に……

ジサンは初めて他人の牧場に足を踏み入れる。

「おぉ……」

サイズ感は最上階の半分程度であろうか。ややこじんまりしてはいるが、概ね違いはない。

そして、まず印象的だったことは……

「ドラゴンが多いですね」

多い……というかほとんどドラゴンしかいないのであった。

「気づいてしまいましたか……」

（い、いや……これだけ多いと気づかない方が難しいが……）

「何を隠そう、俺は無類のドラゴン好きなんです！」

シゲサトは興奮気味に言う。興奮しているせいか結構近い距離感だ。顔が整っているせいで相手が男であると認識していてもジサンは幾分か緊張する。

「は、はい……」

「ちなみにドラグーンは魔物使役可能なクラスの中ではそれなりに強めに設定されていますが、〝魔物使役〟継承時に制限が発生します。その制限とは、〝龍にまつわるモンスターしか使役できない〟というものです」

「へぇ……そうなのですね」

「でも、いいんです！　その代わりに龍にまつわる便利な特性……例えば、〝ドラゴンに関する豊富な知識〟や〝巨大な種が多いドラゴンの縮小〟なんかも使えますし、何より、もうドラゴン以外使いませんから！」

（……そう考えると確かに彼にとってドラグーンは天職だな）

「ヴォルァアア」

（……お？）

話をしていると、一際大きなドラゴンが飛来する。

「お、来てくれたのかい？　ヴォルちゃん……！」

「ヴォ」

「彼は、俺のお気に……ヴォルケイノ・ドラゴンのヴォルちゃんです」

「す、すごいですね……見たことのないモンスターです」

体長一五メートルくらいある赤いゴツゴツしたドラゴンであった。ジサンも所持していないドラゴンであり、欲しくなる。

（しかし……ヴォルちゃん……モンスターに愛称みたいのを付けられるのかな？）

「オーナーも珍しいドラゴンを持っていたりするのですか？」

（ドラゴンと言えば、あいつだよな……）

「珍しいかどうかわかりませんが……」

ジサンは使役モンスターを選択する。

「がぅ……」

相変わらず自信なさげなピュア・ドラゴンがポップする。

「こんなのしかいません……こんなのですが、結構、いい奴で……」

「がぅぅ……」

「ぴゅっ……ぴゅぴゅぴゅ……」

（ぴゅぴゅぴゅ……？）

「ピュア・ドラゴンだぁあ!?」

「へ……？」

シゲサトは大袈裟なリアクションをする。

「お、オーナー!!　さ、流石です……！　まさかここまでとは……」

「え？」

「え？　って、何ですか？　嫌味ですか？」

「い、いや……そんなつもりは……」

「ピュア・ドラゴン……ランクR!?　ヴォルちゃんですら、ランクPなのに……しかも条件不明の突然変異型……!?　混じりけなし、高純度の真正ドラゴンですよ!?」

「え……？　突然変異？　大してレアでもないナイーヴ・ドラゴンを素直に配合していっただけなんだが……」

（確かにデザインはシンプルだなぁとは思ったが……）

「え？　感知系ドラゴン系列はランクQのネガティヴ・ドラゴンが最上位みたいですよ……？」

「がぅ……？」

（ネガティヴ・ドラゴン？　何だそれ？　こいつはランクPへの優勢配合はできず、仕方なく限突配合をしていたんだが……）

「マスター……悔しいですが、こいつは大当たりです……」

黙っていたサラが口を挟む。

「えっ⁉」

「がぅう？」

（というか、サラよ、悔しいですが……って何だ？）

「あっ、ところでモンスターに愛称みたいの付けられるんですか？」

ジサンは何気なく、ヴォルケイノ・ドラゴンをヴォルちゃんと呼んでいたシゲサトに質問をする。

「え〜とですね……！」

シゲサトが少々、嬉しそうな顔をする。

「付けられますよ！」

「⁉」

シゲサトが答えようとすると、どこからともなく牧場の管理人が出現する。

「付けてみますか？　ニックネーム」

「あ……は、はい……」

＝＝＝＝＝＝＝＝＝＝＝＝＝＝＝＝＝＝＝＝＝＝＝＝＝＝＝＝＝＝＝

■ピュア・ドラゴン　ランクR
（ニックネーム：ナイーヴ）

＝＝＝＝＝＝＝＝＝＝＝＝＝＝＝＝＝＝＝＝＝＝＝＝＝＝＝＝＝＝＝

こうして、ジサンはピュア・ドラゴンに〝ナイーヴ〟と名付けたのであった。

「がぅ……！」

ナイーヴも心なしか嬉しそうだ。

よかったね！　ナイーヴ！


「オーナーはこれからどうするのでしょうか？」

しばらくすると、シゲサトがそんなことを聞いてくる。

「実は狙っている魔帝の報酬があります」

「それってもしかして……」

「仙女の釣竿……」「仙女の釣竿!?」

「で、ですよね……！　えーと、つまり魔帝：ジイニ……！」

「シゲサトさんもですか？」

「は、はい！　えーと、釣り限定のレアドラゴンもいるみたいで……」

「はは……」

（全くこの人は……ドラゴンのことばかりでブレないな……俺もこんな生き方ができたなら……）

などとジサンが素っ頓狂なことを考えていると……

「あの、もしよければなのですが……」

「ん……？」

　シゲサトがモジモジしながら提案してくる。


「オーナー……煉魂《れんこん》の収穫ってこんなに大変なんですね……」

「そうですね……」

「マスター……泥だらけです……」

「そうだな……」

「がぅ……」「ヴォ」

「そうだな……」

「「「「…………」」」」

三名＋二匹、パーティ名〝ああああ〟は今、カスミガウラ・ミズウミダンジョンにて、ターゲット：レンコーンの収穫クエストに挑戦していた。


少し時を遡る。

「ジイニに挑戦するには〝ニホン三大湖ダンジョンにて指定されたモンスターをテイム〟する必要があるようです」

それ自体はボスリストの詳細メニューから確認することができた。

「ニホン三大湖は、ビワコ、カスミガウラ、サロマコの三つです」

シゲサトは指を三本立てながら言う。

＝＝＝＝＝＝＝＝＝＝＝＝＝＝＝＝＝＝＝＝＝＝＝＝＝＝＝＝＝＝＝＝＝
【魔帝挑戦条件】
魔帝　ナード　魔具：慈愛の雫　全員瀕死時、全員全回復する
（条件）〝直近に魔王を討伐したパーティであること〟

魔帝　リバド　魔具：雌雄転換　使用者は性転換する
（条件）〝他の魔帝を一体、討伐していること〟
魔帝　ジイニ　魔具：仙女の釣竿×4　よく釣れる釣竿
（条件）〝ニホン三大湖ダンジョンにて指定されたモンスターをテイムしていること〟
○ビワコ　：　マナ・ナマズ（ホワイト）
○カスミガウラ　：　レンコーン
○サロマコ　：　ミミミック・ホタテ
魔帝　カガ　特性：召喚獣使役　召喚獣を使役できる
（条件）〝ランクQ以上のユニーク・シンボルモンスターを三体討伐または入手していること〟
＝＝＝＝＝＝＝＝＝＝＝＝＝＝＝＝＝＝＝＝＝＝＝＝＝＝＝＝＝＝＝＝＝＝＝
「それじゃあ、オーナー！　とりあえず近場のカスミガウラでも行ってみますか」
「そうしましょう」

シゲサトが調べた情報によると、カスミガウラでのターゲットであるレンコーンは湖に自生する煉魂と呼ばれるアイテムを集めることで出現するということであった。

ジサン、サラ、シゲサト、ナイーヴ、ヴォルちゃん（縮小版）の三名と二体はゴム製のオーバーオールと腕までの長い手袋を着用し、泥水に浸かり、水底を漁る。

煉魂は稀に水底にドロップしている球体状のアイテムであり、水中から取り出すとゆらゆらと燃え盛るようなエフェクトが発生する。アイテムとしてはＭＰを回復することができる魔具であるが、この煉魂を集めることでカスミガウラのレアモンスターであるレンコーンを引き寄せる効果があるということであった。

三名と二体が先ほどから泥水に浸かっているのはそのためだ。かれこれ二時間は作業をしており、これまでに二十個ほどの煉魂を収穫した。

「サラ……大丈夫か？」

「……マスター？」

ジサンはサラに声をかける。身長がやや低いサラは水底を漁る姿勢になると、胸の辺りまで泥水に浸かっており、収穫の作業は中々に大変そうであったからだ。

「はい！　サラは大丈夫です！　むしろ、なんだか楽しいです！」

「……そうか。なら良かった」

それを聞くと、ジサンも作業を再開する。

（……）

ジサンもこういった地味な作業は嫌いではなかった。頭を空っぽにして黙々と水底を漁る。

「オーナーは……どうしてモンスターを集めているんですか？」

作業をしていると、シゲサトが世間話を持ち掛けてきた。

（……どうして……か……）

ジサンはあまり真剣に考えたことがなかった。敢えて言うなら偶然、テイム武器を手に入れたのが始まりだろう。だが、その後、のめり込んだのには何かしら理由があるのかもしれないが、本人はそれを冷静に考えるようなタイプではなかった。

「……あまり考えたことなかったですね……」

ジサンは正直に答える。

「そうですか……」

「「…………」」

ジサンの嘘ではないが会話の発展性のない返事に話が途切れてしまう。ここでジサンは多少の成長を見せる。

（……聞き返してみるか）

「シゲサトくんはどうしてですか？」

「えっ……!?　えーと、そうですね……外の世界を見るために仲間が欲しかったからかもしれないですね……」

「……外の世界……？」

「えぇ……外の世界です。オーナーはニホンの外がどうなっているのか……って気になりませんか？」

「え……そうですね……多少、気にはなりますけど……」

「俺はとても気になっています。オーナーはこのゲームが始まったとき何をしていましたか？」

「え……!?　えーと……恥ずかしながら安楽死の方を……」

「え!?　方をってなんですか……！」

「あ、あまり気にしないでください……」

「い、いや、気にな……」

気になると言い掛けて、シゲサトは思う。こういうデリケートなことは深追いしない方がいいか。

「まぁ、今はその気はないですよ」

ジサンは慌てて補足する。

「よかった……ちょっと驚きましたが……」

シゲサトはほっとしたような表情を見せる。

「えーと、じゃあ、僭越《せんえつ》ながら俺の話をすると……実は海外へ渡航する飛行機の中でした」

「ほ……」

「訳あって、俺……変わるために……ずっと海外に行きたくて……それでやっと行けることになったのに……」

（……変わるために……？　ニホンではできないことなのか？）

「そうでしたか……それは災難でしたね」

（……しかし、あの世へ渡航していた俺とは大違いだ……）

「話は戻りますが、仲間が欲しかった理由……それは、ゲームを攻略……つまり魔王討伐をしたかったのです！　交通手段の解放がボス攻略の報酬になっていたので、ゲームを攻略すればもしかしたら外の世界への扉が開くかもしれないって……」

「な、なるほど」

「ですが、残念ながら、そんなことを周りに言っても付いてきてくれる人はいませんでした。そんなの当たり前です。命懸けなのですから」

シゲサトは視線を逸らすように少し寂しげに言う。

「だから、誰でもいいから仲間が欲しかったのです。それがモンスターテイムのきっかけです」

「ヴォ……」

「きっかけはそんな弱さから来るものだったかもしれないですが、今は本当に彼らのことが大好きです」

「ヴォ……！」

シゲサトはヴォルちゃんの眉間を一撫でする。ヴォルちゃんは嬉しそうに目を細めている。

「ですが、月丸隊さんやウォーター・キャットさんのおかげで自分は間違ってなかったんだって思えました」

「……？」

「今の目標は大魔王：ネコマルの討伐です。ネコマルの報酬は〝航空機〟。説明によると海外エリアへの移動便の開通です。だから、奴を倒して、外の世界がどうなっているのか見てやりたいのです」

（ちゃんとした目的だなぁ……俺にはそんな目的……）

ジサンは感心する……と同時にそんな目的もない自分を少しだけ嫌悪する。

「ちなみに一度、遠くを見るためにドラゴンに乗って、可能な限り高くまで飛んでみたことがあるのです。チュウゴク大陸くらいは見えるかなぁと思い……」

「お……その発想はありませんでした。どうでしたか……？」

「何も……」

「え……？」

「何もありませんでした」

「!?」

「ニホンの外側は海上のあるところを境に完全に遮断されています。その先は暗闇です。まるで箱庭のようにぽっかりと浮かぶニホン列島がそこにありました」

（……まじか）

「本当に〝海外エリア〟なんてものがあるのかも怪しいものです」

シゲサトは真顔でそんなことを言う。

「……そうなんですね」

ジサンは外の世界に行きたいなどと考えたことはなかったが、その話を聞いて多少なりとも未知への探究心が湧いた。

（……外の世界には新しいモンスターがいるのかなぁ……）

「ってあれ!?　オーナー……！」

「ん……？」

慌ててシゲサトの視線を追うと、そこには角を額に持つ美しい馬の姿のモンスターが佇んでいた。

「ユ、ユニコーン……？」

「ちっ、違います！　あ、あれは……レ、レンコーンです！」

（お……!?）

よく見ると、角は一本ではなく、幾重にも重なる花弁のような形をしている。

「俺に任せてください……！　行くよ！　ヴォルちゃん！」

シゲサトはそう言うとヴォルちゃんに跨がり、泥だらけであることを物ともせずに、あっという間に飛び立ってしまう。

（あ……）

勇ましいシゲサトとは対照的にジサンは出遅れる。

「ナイーヴ！」

ジサンもシゲサトを見習い、サラと共にナイーヴに騎乗する。

「がぅ……！」

しかし……

「……思いのほか…………遅いな……」

「がぅぅっ……」

「あ、すまん……」

思わず出た本音に対し、悲しそうに唸るナイーヴにジサンは謝罪する。

「マスター……戦闘中は騎乗適性がないとナイーヴも本来の実力は発揮できないようです」

（なるほどな……シゲサトくんのドラグーンはその適性があるということか……）

「そろそろ行くよ！」

一方、シゲサトは順調にレンコーンとの距離を縮めていた。しかしそれでも、シゲサトとレンコーンの間にはまだかなりの距離があった。だが、そこは彼にとってすでに射程範囲内であったようだ。

大きめのヘヴィ・ボウガンのような銃器を脇に抱え、レンコーンに狙いを定めている。

「くらえっ!!」

連続した発射音と共に弾丸がレンコーンに向かっていく。

「無事、テイムできました！　ランクはNみたいですね」

「あ、はい……それはよかったです」

シゲサトは無事にレンコーンをテイムできたようだ。剣聖のような近接タイプもこなし、ドラグーンのような銃火器も巧みに使用するシゲサトの戦闘センスは非常に高いようであった。

「あれ？　手持ちの煉魂がなくなってますね……」

「え？　あ、本当ですね……」

ジサンもアイテムメニューを確認する。どうやらレンコーンを引き寄せることに成功したことで、煉魂が消費されたようであった。

「でも、これでカスミガウラでの条件は満たしました。えーと、次は……」

シゲサト、サラ、ナイーヴ、ヴォルちゃんは煉魂収穫による心地よい疲労感と共にほっと一息つく
……のだが。

「あの……」

「はい……？」

「私も……」

「え……？」

「私も……レンコーンが欲しいのですが……」

「「「……………！」」」

二人と二体は硬直する。


「大変ではありましたが、無事、カスミガウラでのミッションは達成です……」

二体目のレンコーンをジサンがテイムして、ひとまず立ち寄ったクエスト斡旋所にてシゲサトが少々、疲労した様子で言う。

二体目のレンコーンが出現するまでに要した時間……実に五時間……なかなかの長期戦であった。

収穫作業の終盤では、ほとんど全員が無言で煉魂を漁り続けた。だが、シゲサトはジサンに対して小言一つ言わなかった。コレクターの性分というものをちゃんと理解しているのだろう。なお、ジサンは無事にレンコーンをテイムできて、ほっこりしていた。

ジサンらは斡旋所の入口付近にて立ち話する。

「今日はもう遅いですし……オーナーはこの辺で宿を探しますか？」

「そうですね……」

「ちなみに俺は実はこの辺に実家がありまして……たまにはそっちに顔を……」

「あれ？　もしかして……シゲサト？」

（……ん？）

そろそろ解散かというその時、背後から男性の声に呼び止められる。ジサンらが振り返ると、赤い装備に身を包んだ男女の二人組がいた。

「あ……えーと、グロウくんにアンちゃん……」

シゲサトは彼らのことを知っているのか、プレイヤー名を口にする。

「シゲサト……帰って来ていたんだな……」

「う、うん……」

「しかし、お前、有名人だな……まさか本当に魔王を……しかも一人で討伐しちまうなんてよ……」

「そ、そうかな……」

シゲサトは幾分、いつもより歯切れが悪い。

「あ、えーと、そちらは？」

グロウがジサンらの方を見て、聞いてくる。

「あ、えーと、今、パーティを組んでもらっているオー……ジサンさんです。あとこっちはサラちゃんです。テイム仲間として意気投合してね……」

シゲサトが二人を簡単に紹介する。

グロウは地味なおじさんと褐色少女の異色のペアを怪しく感じたのか、幾分、訝しげにジサンの方を見ている。

一方、女性の方、アンはジサンらにはあまり興味がないのか、グロウの方をじっと見ていた。

「えーとね、この二人はグロウくんとアンちゃん、同級生だったんだ……」

グロウは短髪で比較的、顔が整った……多少、気難しそうではあるが好青年だ。

アンは割と長めの髪で眼鏡を掛けた女性であり、ジサンは彼女に対し物静かな印象を抱いた。

「えーと、今は……」

「自治部隊〝P・Ower〟のメンバーです」

ジサンはやっぱりなと思う。赤の装備は東ニホンにおける最大勢力の自治部隊P・Owerの特徴である。ジサンはエクセレント・プレイスの緑のおじさんに職質をされた苦い経験から自治部隊にあまり良い印象を抱いてはいなかった。

「ところでシゲサト、こんなところで何してるんだ？」

「あ、えーと……」

「今時、こんなところにいるってことは、もしかして……仙女の釣竿か……？」

「あ、いや……その……」

「全く……相変わらずだな……」

「あはは」

シゲサトは笑って誤魔化す。

「ところでよ……前も言ったが、P・Owerに入らないか？」

「「え⁉」」

シゲサト、そしてアンが同時に声を発する。ジサンはこの時、アンの声を初めて聞いた。

「魔王をソロ討伐したシゲサトならすぐに幹部になれると思う。俺もこの地区なら顔もきく。推薦できるはずだ……」

「…………せっかくだけど、遠慮しておくよ。グロウくんがそうだったように……俺にはやりたいことがあるから……」

「…………そうか……あの時は断って悪かったな……本当に成し遂げるなんて……」

「……いや、〝断った〟のはこっちも一緒だから……」

「っ……」

グロウは苦そうな、シゲサトは気まずそうな顔をしている。

「しかし、シゲサト……お前まだ……〝俺〟なんて言ってるのか……？」

「⁉」

シゲサトは誰とも目が合わない場所へ目を逸らす。


「俺、元々、身体が女だったんです」

Ｐ・Ｏｗｅｒの二人が去った後、シゲサトが唐突にカミングアウトする。

「そ、そうですか……」

（……元々……とは？）

「でもですね、性別違和っていうのかな……昔からなんだかちょっと違うなーって……」

ジサンは色々あるんだなぁ……と思いながら黙って聞く。

「グロウくんもあれで悪い人じゃないんです……」

「はぁ……」

「一般論で言えば、おかしいのはきっと俺の方なんだから……」

（……）

グロウはシゲサトに好意を抱いていた。

シゲサトはそれを拒絶した過去の罪悪感から、ある意味でグロウに弱みを握られていた。


時間を遡る。それはゲームが始まりしばらく経った頃――

「健一郎《けんいちろう》くん、俺、魔王討伐を目指したい！　一緒にパーティ組まないか？」

シゲサトは魔王討伐を目指そうと決意し、仲のよかった同級生の男友達を勧誘していた。

「今はグロウな」

「あ、そっか！　グロウくん……！」

シゲサトは言い直す。

「全く……調子のいい奴だ……」

「あはは、ごめんごめん」

「んで、勧誘の件だが……すまん、シゲサト、それは無理だ……」

「……！　そ、そっか……そうだよね……」

「お前を命の危険に晒すことなんてできない……お前は俺にとって一番大切な人だから」

「え？　もう……グロウくんは大袈裟だなぁ」

シゲサトは苦笑いする。

「………」

だが、グロウの顔は真剣そのものであった。

「……グロウ……くん？」

「いや、大袈裟なんかじゃない……いい機会だ……言おう……」

「え……？」

「シゲサト……お前のことが好きだ」

「っっ!?　え、えーと………それは恋愛感情的な意味……だよね？」

「そうだ……男として……女のお前が好きだ……」

「っ――………」

「だから……もう自分のことを〝俺〟なんて言うの……やめろよ……」

「……！」

「俺は最近、組織化され始めたという自治部隊に入ろうと思っている……シゲサトも入らないか？人々を守りたい……そして何よりお前のことを守りたい……」

「…………ご、ごめん……」

シゲサトは身体は女であったとしても、心は男であった。

少なくともグロウのことを異性として見てはいなかったのだ。


「イバラキ部隊のグロウです。ご報告があります。魔王：エデンを討伐したシゲサトをカスミガウラで発見しました」

……

「えぇ……恐らく仙女の釣竿を狙っています」

……

「いえ、とんでもないです……自治部隊の威信をかけて全力で守りましょう」

グロウはP・Ｏｗｅｒ本部へと情報を提供する。魔王討伐をしたパーティを襲う謎の襲撃犯の拿捕。

魔王：ガハニを討伐したP・Ｏｗｅｒ（K選抜）が殺害されたことで自治部隊ではその機運が高まっていた。

2章　北の大地の湖

「それじゃあ、また後で、ここで待ち合わせしましょう」

「わかりました」

そう言って、シゲサトは98F、ジサンは100Fの牧場へと向かう。

カスミガウラでのジイニ出現条件を満たしたジサンとシゲサトはワープ権を行使して一度、牧場の様子を見るために戻ってきていた。何しろワープ権は一人のオーナーが週一回、パーティを引き連れて牧場に戻り、牧場を出なければ再び元いた場所に戻ることができる。オーナーが二人いれば週に二回も牧場に戻ることができるということだ。この権利を使わない手はないだろう。


「旦那様、お疲れ様でございます」

牧場に入ると、ジサンが来ることがわかっていたかのように、赤いロングヘアに頭に蝙蝠《こうもり》のような翼が付いたモンスターリーダーのディクロが迎えてくれる。

「おぉ、ディクロもお疲れ様」

「とんでもありません」

「何か変わったことはあったか？」

「いえ、大きな変化はありません……ただ……」

ディクロは目線を逸らすように言う。

「ただ？」

「いえ、大したことではないのですが、ここ最近、急にファーマーの独り言が増えたような……」

「え……」

ジサンはふと生産対象について確認してみる。


＝＝＝

生産対象：
フックラ・オーク（素材）
ソフト・オーク（素材）
ホゲホゲ・オーク（素材）
サワヤカ・オーク（素材）
タクマシ・オーク（素材）
チキチン・チキン（素材）

＝＝＝

（すごい増えてる……）

「こいつとこいつの合成に成功すれば肉質が滑らかに……成長も早く病気にも強い。ただ、脂身が増して少し舌触りがしつこくなるかも……でも、言葉を解することもなくなり、より家畜として……」

「茂木さん」

「ひゃいっ⁉」

ジサンはディクロからの怪しげな情報を聞き、木造平屋の建物、生産施設に足を運ぶのであった。

突然、ジサンから声を掛けられたサイカは驚いたのか変な声をあげる。

「あ、小嶋くん、来てたんだ」

「はい……調子は……どうですか？」

「おかげ様で……」「ぎぃぎぃい」

もはや付帯物と化しているギタギタも元気そうであった。

「ただ、前回、許可を貰って品種改良を始めたんだけど、なかなか思うようにいかなくって……」

「そ、そうですか……なんか新しいオークと……チキンが追加されてますが……」

「そうそう！　このサワヤカ・オークとタクマシ・オークが品種改良で生まれたオーク。あとは少し幅を広げてみようかと思って、チキンにも手を伸ばしてみたの」

「そうなんですね」

副産物として、品種改良で追加されたオークはモンスター図鑑にも登録されていた。これはジサンにとって僥倖《ぎょうこう》であった。

「ただ、中々、うまくいかなくって、サワヤカ・オークは肉質なんかのパラメータは良さげなのだけど、知能のパラメータが高め……言葉が上手で、しかも妙に爽やか……」

「やぁ！　サイカさん！　今日も綺麗ですね！　ブヒッ！」

一匹のオークが腰に手を当てて、サイカを煽《おだ》てる。

「……このように」

「豚に情など不要」

サラが口を出す。

「そ、そうかもしれないけど……」

「サラ……ここは茂木さんに任せよう」

「はい……マスター……」

最終的にはサイカの判断に任せようと思ってはいるものの、正直、一定以上の知能がありそうなオークの出荷はジサンもあまり気が進まなかった。

「それで、もう一匹のタクマシ・オークは妙に筋肉質になってしまって……あんまり食べるのには向いてないかな……」

「そうなんですね……」

（オーク肉か……確か月丸隊のユウタさんが好んで食べていたな……喜ぶだろうか……）

「ごめんなさい。納得のいく美味しいお肉を小嶋くんに届けるまでもう少し時間が掛かりそう……」

「あ、はい……」

（…………俺に……？）


「……さて、戻るか……」

「はい……！　マスター！」

シゲサトとの待ち合わせ場所、１Ｆのホールに戻るべく、エレベーターに乗る。

エレベーターが下り始める。

（……お？）

が、予想外に早くエレベーターが停止する。９９Ｆでエレベーターが止まったのだ。そして、エレベーターの扉が開く。そこには当然、エレベーターに乗るために待っていた人がいたわけで……

「あ……」

ジサンが先にその三人の存在に気付く……

「あ!!」「あらあら……」「おっ、噂をすれば……」

ツキハを筆頭とする月丸隊のメンバーである。

「ジサンさん……！　お、お久しぶりです！」

ツキハがアセアセとした様子で挨拶する。

流石に無視して、1Fに降りるわけにもいかずジサンとサラは99Fでエレベーターから降りる。

「お久しぶりです。えーと、どうしてここに？　もしかして……」

「そのまさか。99Fを買っちゃったのよ」

チユが答える。

「え、えーと……皆で分け合って……」

ツキハがやはりアセアセとした様子で言う。

「ツキハが三億、俺とチユが一ずつ出して、ツキハ名義で購入」

ユウタが少し呆れたような仕草で言う。

「そ、そうなんですね……でもツキハさん、モンスター収集してましたっけ？」

「あ、えーと、正直に言うと、ここへのワープ権が一番の魅力でして……前みたいに急にカントウに来なきゃいけないこともあるかもしれないし……」

「そうですか……」

「だけど……実はテイム……始めてみました……！」

「えっ⁉」

「流石に私のクラスでは使役はできないんですけど……」

確かに使役はできないもののテイム自体はテイム武器さえあれば可能だ。月丸隊クラスになればテイム武器の一つや二つ、求めていなくても持っているだろう。また、牧場があれば、魔物交配のスキルがなくても配合することができる。

「ジサンさんを見ていたら……テイム、ちょっと面白いかもって思っちゃって……」

「そ、そうですか……」

ジサンはこのツキハの発言は少し嬉しかった。テイム仲間が増えることは喜ばしいことだ。

「マスター……マスター……」

（ん……？）

サラがジサンにだけ聞こえるように小声で言う。

「……あの女は何か企んでる……」

（え……!?）

サラはツキハが自身のマスターに対して、何か好意的なものを抱いており、そのために購入したのではないかということを伝えようとした。しかしサラのマスターには伝わっていなかった。

「でもツキハちゃんの購入動機……一番の理由はあな……」

「わぁあああああ!!」

「……!?」

チユが何かを暴露しそうになったのをツキハが大声で掻き消す。ツキハが急に大声を出したのでジサンは少し脅える。

「と、とにかく……私達もここのオーナーになったので、これからよろしくお願いします……！」

「は、はい……こちらこそ…………って、あっ！」

ジサンが珍しく多少大きめのボリュームの声をあげる。

「ん？　どうしました？」

「人を待たせているのでした」


「あ、待ってましたよ！　オーナー……って、そちらは……」

1Fエレベーターホールではシゲサトがジサンのことを待っていた。そしてジサンとサラ以外のメンバーがいることに気付く。逆にツキハらもジサンが待ち合わせしていた人物を視認する。

「あれ……どこかで……」

シゲサトとツキハが共に何かを思い出そうと眉間にシワを寄せている。

「シゲサト……さん⁉」「月丸隊⁉」

互いにボス討伐メンバーとして公開されている写真と目の前の人物の顔の整合性が取れたようだ。

「こちらこそ初めまして。シゲサトって言います」

それぞれが適当に挨拶を済ませる。

「それにしてもジサンさんの待たせている人って、シゲサトさんだったんだ」

ツキハが言う。

「あ、はい……シゲサトさんはここの98Fのオーナーでして……」

「へぇ～」

「今は仙女の釣竿を目指し、共に行動しています……」

「な、なるほどなるほど～」

ツキハは少々、引きつったような笑顔を見せる。ツキハはシゲサトを一目見た時から、シゲサトを女であると認識したのであった。ツキハから見ると、ジサンが新たなる女の子と共に行動しているわけであり、少々、引っかかるところがあったわけだ。

「月丸隊の方々にお会いできるなんて光栄です！」

一方のシゲサトはひょうひょうとしたものだ。シゲサトから見れば、ジサンは単なる同性の人生の先輩的なおじさんである。

「エデンをソロで倒した貴方も相当だと思うけど……」

「いえ！　やはり元祖の四魔王討伐の二パーティは格が違うと思います……！」

「え？　えへへ……そうかしら……」

ツキハは満更でもなさそうだ。

「あ、そういえばツキハさん達は今は何をしているのでしょう？」

「あ、はい……！」

ジサンに訊かれて、ツキハはちょっと驚く。

「えーと、今はとりあえず魔帝は狙っていません。私達にとってはそれほど魅力的な報酬もないので……」

「なるほど……」

「それで何をしているかと言うと、当面のターゲットは大規模ＤＭＺが報酬の大魔王：ルイスレス……そして、大魔王：ネコマルかな……」

（人々のために……か……）

この人達もブレないなぁと思うジサンであった。そして……

「月丸隊さんもネコマルを狙っているんですね……」

（あ……）

シゲサトの目標もネコマルであることを思い出す。

（……やばい……！　修羅場か……！）

「実は俺も狙っているんです！」

「っ……!?　え……!?」

ツキハは嘘でしょ？　とでも言うようにとても驚く。

「あ……えーと……」

シゲサトはその反応に悪いことをしたかのように顔を曇らせる。だが、ツキハが驚いたのはシゲサトの一人称が〝俺〟であったことであった。

つまり……男の子!!

「そ、そうなんですね！　互いに頑張りましょう！　こちらもネコマルの討伐は誰が達成してもいいと思っているし！」

ツキハの表情は明るい。

「はい……！」

シゲサトも返すようにニコリと微笑む。

「でも、ネコマルってどこにいるんだろうなぁ……場所の情報も一切、公開されていないし……」

「そうですね……」

「そもそも大魔王ランクそのものの手掛りも一切ないんだけど……！」

「こちらもです……！」

（…………）

傍らの山羊娘を見て、少々、冷や汗をかくジサンであった。

「あっ、そういえば、ずっと聞いてみたかったのですが、月丸隊さんってどうしてボス攻略を目指しているんですか？」

「えっ……？」

「ちなみに自分は外の世界を見てみたいからです。このニホンの外はどうなっているのか、俺はそれが知りたいのです」

「な、なるほど……」

シゲサトの無邪気な質問にツキハラは一瞬、硬直する。

ジサンはあまり他人のことを深追いすることのないタイプであるが、言われてみると、確かにどうしてだろうと思う。人々のためだろうというのはわかるが、何の動機もなく人々のために戦うのはしんどいであろう。

「そうね……月丸隊もメンバーがそれぞれ違う思いを持っているし……ちょっと口に出すのは恥ずかしかったりもするのだけど、とりあえず私は〝子供達のため〟かな……」

「おぉ……！」

シゲサトはシンプルに感嘆する。

「ゲームが始まってから子供が安心して遊べるところはなくなってしまったじゃないですか……比較的安全な場所はあるにはあるけど、それでもどこにいても以前より危険になり、子供が外で遊んだり、親が子供を遊ばせたりすること自体を不謹慎という目で見る人も少なくないです」

「……そうですね」

シゲサトは真剣に聞いている。

「それである日、見てしまったんですよ。外で遊んでいる子供が大人に激しく注意……いや、罵倒されているのを……」

（……）

「子供達はただ無邪気に遊びたいだけなのに……でも罵倒している大人だって本質的には彼らに危害が及ばないようにって思ってのことだったと思う……そう思うと何だかやるせなくて……今思うと、割と衝動的な理由だったのかもな……」

「そうだったんですね……でも、月丸隊の皆さんが第四魔王：アンディマを倒して獲得したＤＭＺのおかげでその中では安全に遊べるようになりましたね！」

「うん……そうなんだけど……」

モンスターがポップすることがない非武装地帯……通称、ＤＭＺに指定されたエリアはコウトウ、マチダ、カワサキ、トコロザワの四エリアであった。

「ＤＭＺはカントウの一部の地域だけだし、しかもいるのは子供じゃなくて、カネを持った賢い大人ばかり……」

（……）

「その後にプレイヤー同士の攻撃が可能になる仕様変更なんかも出てきて……回帰日も全然安全じゃないみたいだし……」

回帰日とはダンジョンが期間限定で元の姿に戻る日のことである。ジサンもかつてカモガワ・オーシャンワールドにおいて回帰日にモンスターの襲撃が起こる事件に出くわしていた。

「そんなことがあると、流石にちょっと思っちゃうよね……私達がやったことって意味あったのかな……むしろやらない方がよかったのかなって……」

ツキハは幾分、俯く。

「意味ならありますよ！」

が、そんなツキハにシゲサトが強く言う。

「えっ……？」

「皆さんのおかげで、ネコマルが解禁されて、俺は〝外の世界〟への希望が開けたのですからっ！」

「っ……！」

「って、そんなのは気休めにもならないですかね」

シゲサトは苦笑いするように言う。

「いえ……そう言ってもらえると嬉しいよ。ありがとう……」

ツキハは穏やかに微笑む。

(子供のため……か……そういえばサラと出会った時、〝俺に子育ては無理だ〟……なんて思ったっけな……)

「え、えーと……？　どうかしましたか？　マスター」

「い、いや……何でも……」

ジサンはいつの間にか凝視してしまっていたサラにそのことを指摘され、慌てて目を逸らす。

「そういえば、偶然こんなものを手に入れたのでジサンさんにあげます」

一通り話を終え、そろそろ解散という流れになった別れ際にツキハがジサンに何かをくれる提案をする。それは〝黄金の釣餌〟という魔具であった。

「え⁉　こんな良いものいいんですか⁉」

ジサンは非常にいい反応を示す。

「あ……はい……ジサンさん……喜ぶかなって……たまたま入手したんですけど……私達……釣竿持っていないし……」

ツキハはそのジサンの想定以上の反応に少しタジタジになる。

「ありがとうございます……！　え、えーと、それでは代わりに……何か……」

ジサンは代わりにディクロの報酬であった〝誘引石〟という魔具をツキハに渡す。

「え⁉　これ……貰っちゃっていいんですか？」

「え⁉　マスター……！　いいんですか？」

サラも驚くように言う。

「いいんです……私は使わなそうなものなので」

「…………」

ツキハはその効果を見つめている。

「あ、あの……これ……ジサンさんに使っても……？」

「勿論です。いざとなったらいつでもお使いください」

「……！　〜〜〜……！」

（……？）

ツキハは赤面し、何もない右下の床を見つめていた。


「レイク・ダンジョンに行かれるのは自粛していただけませんか？」

「いや、だから何で君達にそんなこと言われなきゃいけないんだよ！」

「ですから、魔王討伐者が何者かに命を狙われる事件が多発していまして……」

「それは知ってるけど……」

（……）

ジサンらはホッカイドウはサロマコのサロマ・レイク・ダンジョンへ挑もうとしていた。

しかし、いざダンジョンの入口に来ると、なぜか待機をしていた赤の武装をした人々、P・Ower のメンバーの固そうなお兄さんらにダンジョン攻略の自粛を要請されていたのである。

「ってか、ダンジョン攻略だけ自粛しても意味なくないですか？」

「プレイヤー間の攻撃が有効であるのは、ダンジョンのみですから、それなりに有効かと」

「う……」

シゲサトは抗議するもお兄さんも中々、手強かった。

「どうしても止めるの？」

「どうしてもです」

「それってもう自粛要請じゃないよね？」

「……」

お兄さんは眉間にしわを寄せる。


「まぁまぁ、行かせてあげなよ」


「!?」

シゲサトとお兄さんが問答をしているところに別の男性の声が響き渡る。

「やぁ……！」

男性は右手を軽く上げて、お兄さんらに挨拶する。

（あ……）

そこにはジサンが辛うじて見覚えのある緑のおじさん、及びネコ耳の少女がいた。かつてジサンに職質をしたエクセレント・プレイスのメンバーであった。

「ひ、ヒロさん!?　えっ……でも、どうしてこんなところに!?」

「P・Owerさんが情報を公開してくれましたから……」

「それにしてもこんなところまで……」

少数精鋭であるエクセレント・プレイスの活動拠点はトウキョウ周辺であった。ホッカイドウの中でも北東の端に位置するサロマに彼らが訪れているのは、確かに少々、不思議な事態ではあった。

「それより流石にそれはやり過ぎじゃないかな？」

「そうニャ！　実際、目的は守護じゃニャくてターゲットの捕縛ニャ？」

「し、しかし……」

先ほどまで、やや高圧的であったお兄さんはタジタジとしている。

（……もしかして、この緑の人、まぁまぁ有名なのか？）

「じゃあ、僕が彼らに付き添ってあげるから……それでいいかい？」

「……ヒロさんがそう言うなら……」

お兄さんはあっさりと納得する。

「シゲサトさん……すまないがそれで納得してくれないか？」

「えー……まぁ、いいですけど」

シゲサトはこのままでは埒《らち》が明かないと感じたのか、渋々、合意する。ジサンも少々、嫌であったがシゲサトが合意してしまった以上、仕方ないかと諦める。

「ってあれ……」

「……！」

ヒロがジサンを見る。

「…………どこかで見たことあるような……そちらの子も……」

(よかった……忘れられている)

ジサンはほっとする。

「いえいえ、きっと初対面ですよ」

「そうですか……」

ヒロは少々、腑に落ちない表情であった。

何はともあれ、こうして奇妙なメンバー達のダンジョン攻略が始まるのであった。


「ターゲットはミミック・ホタテでいいのかな？」

レイク・ダンジョンに足を踏み入れるとヒロが確認してくる。

「そうです、そいつのテイムです」

シゲサトが答える。

「なるほどなるほど」

付いてくると言っても、パーティは分かれたままだ。ジサン、シゲサト、サラの三名とヒロとネコ耳の少女の二名は別パーティである。

「ところで君達ってどういった方々なのでしょうか？」

シゲサトが今更ながら尋ねる。ジサンはてっきり彼らは有名であり、シゲサトは知っていたのだと思っていたので少し驚き、そして少し安心する。

「おっと、知らないですか……これでもまぁまぁ有名になってきていると思っていたのですが……」

ヒロは苦笑いするように言う。

「す、すみません……」

「私は自治部隊エクセレント・プレイスのヒロというものです」

「あ……噂の自治部隊さんですか」

「それでこっちは……」

ヒロは傍らにいるネコ耳の少女に視線を送る。

「ニャンコと呼んでくれニャ」

ネコ耳少女はそんなことを言いながら招き猫のようなポーズを取る。

この少女はすっかり猫になりきっているなぁ……と思うジサンであった。

上背はサラと同じくらいであった。しかし、サラの方は全体的にぽにょぽにょと柔らかそうな体型をしているが、ニャンコはどちらかというとスレンダーで身体のラインにあまり起伏がない。

「まぁ、付いていくと言っても邪魔はしないので、私達のことは気にせず、ご自由に行動ください」

「いや、付いてくるだけで結構、気になるんだけどなぁ」

「あはは。確かに……まぁ、そこは許してくださいよ」

ヒロはまた苦笑い気味に言う。

「わかりましたよー」

シゲサトは不満そうに少し唇を尖らせながらも納得する。


季節は冬。ホッカイドウの北東端に位置するサロマの寒さは厳しいものである。

ダンジョン内は季節に左右されないものも存在するが、ここサロマコ・レイク・ダンジョンは季節によりその様相を変えるダンジョンであり、冬においては湖上を歩けるくらいに凍結している。

湖上には見渡す限り遮るものは何もなく、空の青と交わり、どこか青白く輝いている。

そんな湖上に無機質な動力音が響き渡る。

「マスター……！　すごーい！　これ楽しいです！」

「そうだな……」

湖上を軽快に走るスノーモービル上で、ジサンの背中に張り付くサラがわぁわぁと嬉しそうに声を上げている。

サロマコ・レイク・ダンジョンでは、冬季はスノーモービルをレンタルすることができた。ターゲットであるミミック・ホタテはミミック系のモンスターであり、つまるところトレジャーボックスに擬態していると予想できたため、ジサンらはスノーモービルに乗り込み、トレジャーボックスを探すことにしたのである。

（……）

見渡す限り色彩の少ない世界、幻想的な中にどこか物寂しさを覚え、ジサンは何となく茫然としてしまう……と。

「く・ら・え！」

「ひゃんっ!?」

（ん……？）

どうやらシゲサトが投げた雪玉がはしゃぐサラに命中したようだ。

サラは変な声をあげ、元々大きな目を更に大きく見開き、びくっと身体を縦に揺らす。

「あははは、サラちゃんかわいい……！」

「主……やってくれるではないか……退場の覚悟はできておるのか？」

サラはムッとした表情を見せる。

「ごめんよ……でもやっぱり雪を見たらこれをやらないのは雪に対する冒涜だよね」

「そ、そうなのか……？」

「そうそう！」

「……アーカイブにはそんなものないようだが……」

サラは腑に落ちない表情をしている。

「へ？」

「い、いや……何でもないよ！」

今度は慌てて何かを誤魔化す。

「ならば今度は我の番だ……！　しぬがよい」

（あ……ちょっ……）

サラはスノーモービルから飛び降りると、湖面から雪の塊を削り取る。

「ちょっ！　それは雪玉じゃなくて、もはや氷塊……！」

「覚悟ーー！」

「うわぁああ………あははは！」

サラとシゲサトはわいのわいのと雪をぶつけ合う。

「うむうむ、若いっていいねえ……」

ジサンがスノーモービルを止めて、その様子を眺めていると、同様に足を止めた緑のおじさんも穏やかな笑みを浮かべながらそのように呟く。

（……ところでそれは一体……）

緑のおじさんの搭乗するスノーモービルの後方には縄で炬燵《こたつ》が括り付けられていた。

（……）

恐らくニャンコはその中だろう。

（いや……気にしないでと言いつつ、それは流石に気になるだろ……何だそのアイテムは……）

ジサンはスキー炬燵を眺めながら思う。

（あったかそうだな……）

「あのぉ……」

「はい!?」

炬燵に見蕩れていたジサンに緑のおじさんが話しかけてきていた。

「あなた……何者なんです？」

「えっ？」

「シゲサトさんってソロで魔王を倒した人ですよね？　何で貴方みたいな冴えなそうなおじさんがパーティ組んでるのでしょう？」

（いや、だから貴方もおじさんでしょ。俺が言うのも何だが、割と冴えなそうだし……）

「いや、実は私もシゲサトさんもテイマーでして……それで協力して、仙女の釣竿を目指す流れになった次第です」

「へぇ……そうなんですか……」

「えぇ……」

「でも、いくらシゲサトさんと一緒とはいえ、魔帝に挑むってことは、あなた相当、腕に自信があるの？」

（っ……!?）

ジサンはドキリとする。

「ん……やっぱり貴方どこかで見たことあるような……あー、えーと……その時は確か……」

初めてヒロに職質された日、ジサンはツキハと会っていた。シゲサトだけでなく、ツキハともいたとなれば流石に偶然いた普通のプレイヤーでは済まされないだろう。ジサンの心拍数は上昇する。

「まぁ、それはいいんだけど、否定しないってことは腕に自信があるのは確かなんでしょ？　どこで鍛えたんだい？」

「えっ……？　カスカベ外郭地下ダンジョンですが……」

「へぇ～、あの有名なねぇ～」

「そんなに有名なんですか？」

「そりゃそうでしょ……知らずに潜ってたんですか？」

「えぇ……まぁ……」

「面白い人ですね……ちなみに……参考までに聞きたいのですが……どうして、そんなにゲームを攻略したいんですか？」

「え？　いや、別に攻略とかは特に……」

「え？　じゃあ、目的とかは？」

「目的……これと言ってないですが……」

「はぁ……」

ヒロは呆れた……というよりは面食らったような顔をしていた。

（攻略というか、ただ、のめり込んだだけだ。目的……いくつかやりたいことはあるけれど、絶対に果たしたいわけでもなく断固たる目的と言うにはやや語弊があるだろう。地下ダンジョンの一〇〇階層には行ってみたいが、それもせいぜい目標くらいか……)

「なんかすみません……そちらは世界の平和のために戦っているというのに……」

「あ、いや……はい、まぁ、そうですね……えぇ……でも、ちょっと予想外の返答だったもので……」

「そうですか」

「「…………」」

しばし沈黙が流れる。

「いや、いいと思うよ……君みたいな目的も信条もない、失うものもない。故に怖いものもない。命知らずの無敵の人……素晴らしいと思うよ！」

「はぁ……」

ヒロは割と力強く言う。褒めているテンションで言うが、流石のジサンもこれ、全然褒めてないだろ……と思ってしまう。そして少しだけ誤認されていると思う箇所もあった。

(失うものはない……とは言っていないんだが……)

しかし、ツキハやシゲサトがそれぞれの目的のために戦っていることに比べると、そのように言われても仕方ないと感じる部分もあった。と、その時。

「オーナー……！　モンスターだよ！」

「!?」

シゲサトがそう言うと、魚のようなモンスターが凍り付いた湖の小さな穴から次々と飛び出てきた。数は一〇体程で、六体はジサンら、四体はヒロとニャンコにエンカウント状態となる。

(トツゲキ・ワカサギ……初めて見たモンスターだ……しかし……)

トツゲキ・ワカサギは湖から出た瞬間、自滅するように氷漬けになり、その場にぽとりと落ちる。

「……？　何なんですかね……」

シゲサトが唖然とする。

「まぁ、戦わなくていいなら…………って、えっ⁉」

が、しかし、氷上に落ちた氷漬けのトツゲキ・ワカサギがフワフワと浮遊する。

「ええっ！　何なんですか、こいつ⁉」

「マスター！　襲って来ます！」

サラの言う通り、トツゲキ・ワカサギがジサンらに狙いを定めるように頭を向ける。そして、一斉に突撃してくる。ジサンはヒロ達の様子が気になる。が、ヒロに慌てた様子はない。スノーモービルを降りると、剣を取り出し、その名の通り突撃してくるトツゲキ・ワカサギを的確に捉え、次々に斬りつけていく。トツゲキ・ワカサギ達は一撃でＨＰがゼロになる。

ニャンコは全く心配していないのか、単に寒いからなのか、炬燵から出てくる気配がない。

(おぉ……流石に結構やるな)

「オーナー……！　あと一体ですよ！」

「あ……」

ヒロの様子を見ていると、こちらもすでに掃除が終わっていたようだ。どうやらジサンがテイムできるように一体残しておいてくれたようだ。

「ぎょぉぉぉぉ……！」

「あ……！　逃げる……！」

最後の一体は怖気づいたのか背中……いや、尾びれを見せて、逃げようとする。

（あ……！　待て……！）

ジサンは咄嗟にトツゲキ・ワカサギを追跡する。

ジサンが踏み込んだ氷上はひび割れ、十メートルはあった距離を一瞬にして詰める。

「へぇ……速いな……」

ヒロはその様子を見て、素直な感想をこぼしていた。


「ありました！　トレジャーボックスです……！　それも三つです！」

シゲサトが声を上げる。

スノーモービルで探索を続けたものの、視界が悪くなってきたこともあり、トレジャーボックスは中々、見つからず、二時間の探索の末、ようやく発見した場所には三つのトレジャーボックスが並べて設置してあった。

「ん……？　なんか書いてありますね……」

シゲサトが言うようにボックスの後ろには看板のようなものがあった。

〝三つ同時に開けるべし〟

「罠ですかね……？」

「罠かもしれないですね……」

シゲサトの疑問にヒロが答える。

「でも、面白そうニャ！」

（おっ……？）

終始、炬燵に潜っていたニャンコがいつの間にか出てきて、悪巧みでもしているかのように、少々、いたずらな笑みを浮かべる。

「まぁ、リアル・ファンタジーは罠でも即死系の悪質なものはないから大丈夫だとは思うけど……」

「じゃあ、決まりニャ！　同時に開けるべしニャ！　何なら我々も協力するニャ！」

なぜかノリノリのニャンコに誘導され、三つのトレジャーボックスを同時に開けることになる。

左からヒロ・ニャンコ組、シゲサト、そしてジサン・サラ組が開けることとなった。

「それじゃあいいですか？」

流れで号令係となったシゲサトがそれぞれにアイコンタクトを送り、それぞれ頷く。

「……せーの！」

ガコッ、ガコッ、ガコッ！

「ん……？」「なーんだ、外れニャ」

ヒロ・ニャンコ組のトレジャーボックスは空であった。

「き、来たぁあああぁ！」

（……お？）

シゲサトがテンション高めに叫ぶ。シゲサトは目論見通り、ミミック・ホタテを引き当てた。

（……こちらは……）

ジサンは宝箱の中を確認する。

（っ……!!）

中を開けて驚く。トレジャーボックスの中には、透明感のある羽がついた……まるで妖精のような美しい少女が体を丸めて眠っていた……


ので、ジサンはトレジャーボックスをそっと閉じた。


「さ、さぁ、シゲサトくん、ミミック・ホタテをテイムしよう！」

「は、はい……！　でも、オーナーのボックスの方は？」

「は、外れだったようです……」

「何が外れじゃーー！　大当たりだよ!!」

「ん……？」

「さ、サラ！　トレジャーボックスを塞いでくれ！」

「任せてください！　マスター！」

「うぇえええええん」

「だ、大丈夫ですか？」

「あれは面倒なイベントです。ひ、ひとまずミミック・ホタテを……！」

「わ、わかりました」

（面倒そうだから塞いでしまったが、流石にちょっと可哀そうか……すぐに終わらせてやるか……）


＝＝＝＝＝＝＝＝＝＝＝＝＝＝＝＝＝＝＝＝＝＝＝＝＝＝＝＝＝＝＝＝

ミミック・ホタテ　ランク0

＝＝＝＝＝＝＝＝＝＝＝＝＝＝＝＝＝＝＝＝＝＝＝＝＝＝＝＝＝＝＝＝

戦闘は〝分〟の単位を使う前に終了する。ジサンがミミック・ホタテを速やかにテイムした。

別パーティとなっていたため、戦闘には参加しなかったが、緑のおじさんは元々のターゲットよりもなぜかその場に居合わせたおじさんの方に目を奪われていた。

「もう一体探さなくていいんですか？」

ジサンはシゲサトに確認する。

「い、いや、ドラゴンじゃないから大丈夫っす！　オーナーがテイムしていればパーティとして条件は満たしているはずだし」

「そ、そうですか……」

シゲサトの大人な対応に、ジサンは何だか前回の自分の行動が少々、幼稚だったようにも思えて、少しへこむ。だが、シゲサトにとっては本当にそれほど重要ではなかったようだ。

「でも、ドラゴンの時は妥協しないですよ！　覚悟しておいてくださいね！」

「……！　わかりました！」

その言葉を聞き、ジサンは安心する。

「さ、それじゃ、その喋るトレジャーボックスを……」

シゲサトは戦闘中も気になっていたのか、そわそわした様子でトレジャーボックスを見つめる。

「待て、何かいる」

喋るトレジャーボックスを開けようかという時、ヒロが緊張感のある声で警告する。

（……？）

「あらら、ばれちゃいましたか」

「……!?」

「君達はえーと、どなたです？」

シゲサトが現れた二人に尋ねる。

男女のペアである。二人とも白い装備に身を包んでおり、雪の世界を背景にすると幾分、視認性が悪い。

「名乗るほどの者でもないさ。名はウルトマという。こっちはパンマ」

普通に名乗っているなぁ……とジサンは珍しく相手に対して突っ込みを入れたくなる。

男性は口元に不敵な笑みを浮かべている。頭の中心部分だけ頭髪を残し、それ以外を刈り込んだ特徴的な髪型をし、サングラスを付けており、表情は口元からしか読み取れない。

「貴方ってシゲサトさんで間違いないかな？」

今度は女性の方……パンマが口を開く。ショートカットで、少々、丸顔であり、機嫌良さそうにニコニコしている。

「そうですけど……何か御用でしょうか？」

シゲサトの疑問にウルトマが明確に答えてくれる。

「えーと、まぁ……平たく言えば、キルしに来た」

「え!?」

その言葉と同時にウルトマ、パンマは殺意を露わにし、武器を取り出す。

当然、ジサン、シゲサトらは身構える。

「まさか、お前達が魔王討伐者を消しているのか⁉」

「さぁ、どうだかね……答える義理はない」

「何でそんなことするんだ？」

（あ、いや、シゲサトくん、相手は答える義理はないと……）

「正義の執行……とでも言っておこうか……」

（………）

ウルトマの一貫性のない言動にジサンは少々、混乱する。

「まぁね、ノルマなので悪く思わないでね！」

パンマは無邪気にそんなことを言う。

かつてサイカもそんなことを言っていたが、ゲーム化した世界でまでノルマに追われるなんて大変だなぁとジサンは思う。

「なっ⁉　身勝手な……！」

「よくわからない連中ですが、私達も加勢しましょう」

ヒロがシゲサトに向けてそう言う。

「「え？」」

ヒロの発言になぜか驚いたのはウルトマとパンマであった。

（私〝達〟と言ってもニャンコはトレジャーボックスが外れだった瞬間からすでに炬燵の中にいるし

な……）

「あ、はい、お願いします……まぁ、理由はよくわからないけど、相手がその気なら、どっちにしても返り討ちなんだよなぁ……！」

シゲサトも結構、血の気が多いと思うジサンであった。

「マスター……！　キルしてもいいのですか？　キルしても……！」

「「え……？」」

サラがウキウキした様子で言う。やはりモンスターとしての血が騒ぐのだろうか……などとジサンは思う。襲撃時、そのような反応を返されたことがなかったのか二人は再び戸惑いを表す。相手の方々の力量はわからないが、何となく気の毒に思うジサンであった。

「キルはダメだ。サラは少し大人しくしてろ」

そう言ってポンとサラの頭に手を乗せる。

プレイヤー同士の戦闘ではパーティという概念は無くなる。何対何の盤面になっても何かしらの制約が入ることはない。今回の状況においては五対二。一名はこのような状況においても炬燵で丸くなっているため人数から差し引いたとして、使役モンスターも加味すれば実質、六対二であった。

「結構、腕に自信があるみたいだけど、多勢に無勢。流石に厳しいんじゃないの!?」

そんなことを言いながらもシゲサトは容赦なく弾丸をウルトマに浴びせる。

「ちっ……！」

ウルトマは苦難の表情を浮かべる。

プレイヤー間戦闘では防衛行動をほとんど取らないモンスターとの戦いと異なり、回避行動や武器接触による剣戟《けんげき》が多く発生する。

ジサンの見立てによると、二人は相当な実力者であった。このような数的不利の状況においてもここまで決定打となる攻撃を上手く避けている。

「君達、こんなことは止めなさい！」

そんなことを叫びながらヒロがウルトマに突撃し、激しい剣戟を繰り広げている。

「どういうつもりですか……!?」

「……」

ヒロの方がやや優勢のようで、ウルトマのＨＰが目減りしていく。

「くっ……！」

たまらずウルトマは後ろに大きくステップバックして、ヒロからの距離を取る。

（魔法：スロウ……）

ウルトマが一息つこうとした時、発生したポップアップがそれを許さない。

【状態異常：低速化】

「なっ……!?」

そのポップアップの出現とほぼ同時にもう一人のおじさんが高速で迫り来る。

（スキル：魔刃斬）

「ぐわぁあああ!!」

魔刃斬を受けたウルトマのＨＰは一瞬で吹き飛び、膝から崩れ落ちる。

ウルトマはプレイヤーによる攻撃による行動停止状態となる。

「マスター！　お見事です！」

ジサンから大人しくしてろと指示されたサラはぴょんぴょん跳ねて喜びを表現する。

「さーて、お友達、行動停止になっちゃったけど、この辺にしておいた方がいいんじゃない？」

シゲサトがパンマに忠告する。

「フッフッフッフ……」

だが、パンマは不敵に笑ってみせる。

「な、何……？」

「フッフッフッフ…………それじゃあ、お言葉に甘えてー！」

「え？」

パンマは本日、最高速度と思える身のこなしでウルトマを回収し、物凄い速さで去っていた。

「あ……行っちゃった……」

シゲサトが呆気に取られている。

「追いますか？　オーナー？」

「え……？　うーん……あの速度は離脱系のスキルじゃないか？　もう姿も見えないし、深追いは止めておこう」

「そうですね……それにしてもあいつら……何者だったのでしょうか」

（……）

ジサンはヒロのことをチラリと見る。ヒロは黙って、彼らの去っていった方向を見つめていた。

「何だか、疲れましたね……オーナー、今日はそろそろダンジョンを出ましょうか」

「そうですね……」

そうして、ジサンらはダンジョン脱出アイテムでダンジョンを去ることにした。

（…………あっ!!）

ジサンはアイテムを使った瞬間、何かを忘れていることを思い出す。

閉じたままのトレジャーボックスに手を伸ばすが、無情にもダンジョン脱出アイテムが発動する。


「どういうつもりですか!?　ヒロさん！」

サロマコ周辺某所にて、ターゲットに返り討ちにされたウルトマとパンマは不平を漏らす。ウルトマは計画とは真逆の行動を取り、ターゲットを狙わない……どころか自身に攻撃を加えてきた男を問い詰める。

「いやいや、悪かったって」

ヒロは頭を掻きながらそんなことを言う。一方、ネコマルは興味なさそうに持ち込みの炬燵でみかんを食べている。

「ヒロさんとネコさんが加勢してくれれば四対三で数的優位……いかに相手があのシゲサトと言えど確実に仕留められたはずです！」

「そうかもねぇ……」

「そうかもねぇ……って……！」

とぼけるような態度のヒロにウルトマは苛立ちを向ける。

「まぁまぁ、そんなにカッカしないで……でさ、君、誰に倒されたんだっけ？　そのターゲットのシゲサトだかだっけ？」

「えっ？」

ウルトマは不意にそんなことを言われ、ふと当時のことを想起する。そして、思う。そう言えば、俺は誰に倒されたのだろう？　シゲサトではない。ソロで行動していると噂されていたシゲサトとなぜか一緒にいた……謎のおじさんだ。プレイヤー名すらわからない。

「そ、それは……」

ウルトマは、その事実を突きつけられ、自身を不甲斐なく思う。

「いや、ウルトマくん、責めてはいないよ」

「え？」

ヒロの想定外の反応にウルトマは虚を突かれたような表情を見せる。

と、そこへ通話リクエストが来る。

「ん……？」

「ウサギさんからです」

「つなげろ……」

「はい」

エクセレント・プレイスにはリーダーは存在しない。しかし、中心となる人物が二名いる。それが、ヒロ……そして、今の通話リクエストの呼び出し元である〝ウサギ〟であった。

エクセレント・プレイスの構成員は大きく分けて二つに分類される。

一つはヒロのように自治部隊エクセレント・プレイスの表の顔も担っているオープンメンバー。もう一つはシャドウメンバーと呼ばれ、その名も世間では、一切知られていない暗殺特化のメンバーである。ウルトマやパンマもシャドウメンバーに分類される。

そして、ウサギはそのシャドウメンバーの中でも中心人物であった。

「やっほ～～、ヒロさん！　あれ～？　シゲサトちゃんがご存命みたいだけど、どうしたんですかーー？」

「訳あって、延期した……」

「へぇ～～、君がターゲットを見逃すなんて珍しいですね」

「あぁ、途中でそれよりも興味深いものを発見した」

「興味深いもの!?　なるほど～、それは是非とも教えていただきたいですね～～」

「匿名希望のアングラ・ナイト……」

「っ!?　見つけたのですか?」

「あぁ……恐らくな……」

「なるほどなるほど……それは確かに興味深いですね～～……情報は貰えたりするのかな～?」

「勿論、提供する」

「……ってことは、僕が狙っても?」

「好きにしろ……」

「太っ腹ですね～～」

「そうか……?」

「ふふ……おかげで、退屈しないで済みそうです。アングラ・ナイト……その人なら、僕をキルしてくれるかな……」

「……さてどうだろうな……」

「それじゃ、後で詳細な情報送ってくださいな!」

「わかった」

そこで通話は切れる。

「まさか、あの男が……!?　本当に……?」

ウルトマがヒロに確認する。

「さぁな……単なる勘だが……」

「っ⁉」

「とりあえず奴らが次に向かうのは恐らくビワコだろう……そこへ先回りするぞ」

「了解です……ってあれ？　ネコさんは？」

「ん？　さっきまでそこに……」

「いないですね……」

「……ったく、あの気まぐれ猫は……とりあえずお前らは先に行ってろ」

「わかりました、行くぞ、パンマ」

「ういっ！　って、あっ、でも私の顔、見られちゃいましたね」

パンマは能天気な様子でそんなことを言う。

「あー、確かにそうだな……となると、新しい着ぐるみに住み替えるしかなさそうだな」

普通の人間の姿をしているパンマに対し、ウルトマが奇妙なことを言う。

「あー、そうだよねー、仕方ないなー、この顔、結構、気に入ってたんだけどなー」

「しゃーないだろ。そう思ったら今度からマスクでもしとけ」

「えー、どうしよっかなー、それじゃーえーと……このヒーラーのズケって人にしよっかな。うん！

実はヒーラー一回やってみたかったんだよねー」

そう言うと、パンマは背中の〝皮膚に〟付いていたファスナーを下ろす。

「うぅう……ひどい……」

寒い……

体よりも心が寒かった。

すっかり辺りも暗くなり、外は吹雪のトレジャーボックスの中、少女は一人、咽び泣く。

少女はエルフとシルフ（風の妖精）のハーフ。高貴なるシェルフでルィという名であった。少女はかつてホッカイドウの地でジサンらと会い、その後、金銭と引き換えに攻略に役立つ情報をジサンらにもたらしたのであった。そんな少女は思う。

こっちに来てから、こんな仕事ばかり……

「っ⁉」

と、外から足音が聞こえてくる。

「っっ……！」

お仕事モードに切り替え、眠った振りをする。ガコンっ！　と自身が身を隠すトレジャーボックスを開く音がする。ルィは薄目で開放された蓋の方を確認する。

「へぇ～、こんなのがいるニャか」

「……？」

トレジャーボックスを開けた人物は獣人のように頭頂部付近に耳が生えた小柄な少女であった。

「あなたは……？」

何となくプレイヤーには思えず、箱の中から体を起こしたルィは獣人のような少女に尋ねる。

「名乗るほどの者でもニャいのですが、興味本位で、ちょっと君をキルしてみたいのニャ」

「えっ……!?」

唐突な殺意にルィは心臓付近に激しいざわつきを覚える。

「おい……お前……」

「っ……!?」

ルィは再び驚く。また別の声が目の前の獣人少女の後方から聞こえてきたのである。

「ニャ？」

獣人少女もその声の方に顔を向ける。

そこにはやはりルィが知らない青年がいた。その青年は鮮やかな橙色《オレンジ》地に白い斑《まだら》模様のパーカーを着ており、夜の雪上には似つかわしくない格好をしていた。その青年が獣人少女に何かを尋ねる。

「徘徊型か？　ランクは？」

「大魔王ニャ……」

「……そうか」

獣人少女の発言に青年は眉をピクリと動かすも狼狽えはしない。

「……君は何ニャ……？」

「ここは俺のテリトリーの一つだ。荒らしてくれるなよ……」

「テリトリー？　ははーん、ニャるほど……ひょっとして君は……」

「……」

「うーん、君をキルしてみるというのも面白そうではあるけど……」

「自由度設定が高過ぎだ……まぁ、それも一興ではあるのかもしれないが本懐ではない」

「じゃあ、どうするニャ？　君にその気がなくともウチは殺《ニャ》る気満々ニャ」

「血の気の多い奴だ……だが、言っただろ……？　ここは俺のテリトリー……」

「ニャ？」

「相手が規格外なら少々、アンフェアな権限も行使できる」

「あっ、ずるいニャ！　やめるニャ！」

「少し反省してろ。三日間禁固だ」

「ニャーーーー！」


「マスター……あんな奴、放っておいていいのに……」

「……そうもいかんだろ……」

ジサンはサラと氷結湖上を歩いていた。日中発見したトレジャーボックスの元に向かうためだ。

「ん？」

しかし、現場に近づくと夜にもかかわらず、辺りが不思議な発光エフェクトに包まれていた。

「何だ!?」

ジサンは慌ててエフェクトの方に駆け寄る。

（……！）

そこにはジサンが見たことのない鮮やかな橙色地に白い斑模様のアバンギャルドなパーカーを着た中性的な青年が背中を向けて立っていた。

「……あ、あなたは……？」

ジサンは思わず、その青年に尋ねると、パーカーの青年は背中を向けたまま軽く振り返る。

「……いずれ分かる。だから、諦めてくれるなよ」

「え……？」

それだけ告げるとパーカーの青年は足早にその場を立ち去ってしまった。

（……なんだったんだ？）

「うぅう……もうこんな仕事辞めたい……」

（…………）

「はっ!? プレイヤー!! ぱんぱかぱーん!!」

「「…………」」

ジサンは宝箱から飛び出てきたシェルフの少女と目が合い、しばしの沈黙が流れる。

「ななな何で閉めたしっ！」

「す、すまん……つい……」

「つい⁉　そのせいでアタイは大変な目にあいかけたんだぞ！」

「それはすまなかったな……で、何でこんなところに？」

「何でって、この辺はアタイの庭みたいなもんだ！」

（確かに初めてこいつに遭った時もホッカイドウだったな。ずっとあの森のダンジョンにいるものかと思っていたが、そういうわけでもないのか……）

「マスター、何ですかね？　これ……」

「ん……？」

ルィがいたトレジャーボックスの脇にはまるで中に何かがいるかのように、不自然に雪が積み上げられた〝かまくら〟のようなものがあった。

なにはともあれ、二回目の発見により、ルィとの友好度が上昇した…………のか？


「さて……どうするかニャ……奴は三日間禁固と言ってたかニャ？」

オレンジパーカーの青年が作り出した空間に閉じこめられた獣人の少女は呟く。

そこは可動範囲が一辺、二メートル程度の狭い立方体であり、何もない空間であった。

「ん～～……でもこの狭さ……何だか…………落ち着くニャ……」

獣人の少女は丸くなる。


「サラ、飯行くか」

「はい！」

小腹が空いてきたジサンがサラを誘う。少し褐色を帯びた肌に浴衣姿が意外と似合うサラはジサンにちょこちょこと付いていく。サロマコにて、ルィを発見し終えたジサンとサラは近くのホテルで一泊することにする。ルィのトレジャーボックスを確認しに行くため、シゲサトとは一度、別れていた。ジサンはあの寒い湖上に再びシゲサトを連れて行くのは気が引けたのだ。


「え？　好きなだけ食べていいんですか？」

「そ、そうだ」

「ゎ～～～！」

ところ狭しと並べられた色とりどりの料理を前にして、目を輝かせ、ちょっとした歓声を上げるサラにジサンは幾分たじたじになる。

「バイキング形式は初めてじゃないよな……」

「マスター……！　ビュッフェです！」

「え？」

「ビュッフェの方が響きがおしゃれなんですよ……！」

「そ、そうなの……？」

サラの知識を補完しているらしいデータアーカイブとやらにはそんな細かな情報も蓄積されているのだろうか……とジサンは思う。

だが、毎回、健気に嬉しそうな反応をしてくれるサラを見るのは嫌な気分ではなかった。

「いただきま～す」

（おぅ……結構食うな……）

サラが自身のためによそった量はそれなりであった。

「おいしいなぁ～～」

サラは少し行儀が悪いが、ほっぺたを膨らませながらお肉やお魚の蛋白質を好んで食べている。

（……また少し大きくなったかな）

ジサンは美味しそうに食べるサラを見つめながらそんなことを思う。

（…………これ以上、大人っぽくなられるとちょっと困るな……）

と娘と一緒にお風呂に入るのを止めるタイミングを検討する父親のようなことを考えていた。

「はわぁあ！　このミノタウロスのフィレ肉、最高に美味しいです！」

（……ミノタウロス？　牛肉みたいなものか？）

加齢のためか若い頃に比べ、脂ものを好まなくなったジサンであったが、サラの美味しそうにお肉を頬張る姿に自分も少し食べてみようかなという気分になる。

◇

「うぅ〜〜、結構食った……」

「ま、マスター、大丈夫ですか？」

「あぁ……大丈夫だ」

（まさかミノタウロスのフィレ肉があそこまで美味いとは……）

想定外の美食への出会いに、ジサンは少しだけやんちゃをしてしまったのであった。

「よかった！　それじゃあ、お食事の後は温泉ですね！」

「あぁ……」

◇

「マスター……、そんなに遠慮なさらずとも……心配せずとも貸切ですので、誰にも見られたりはしませんよ？」

「……そ、そうか……い、いや気にするな。俺は元々、端っことか隅っこが好きなんだ」

ジサンは貸切の大浴場の端っこで遠慮深げに湯に浸かっている。

ジサンとサラは二人っきりで大浴場を貸し切っていた。

当然、サラは裸でいいなどと言うが、ジサンはそれを固辞。ならば一人で入って来てくれなどと言われれば、サラも妥協する。それはつまり自分《サラ》のことを少しは女性として見てくれているという証明でもあるわけで……二人は水着着用にて合意する。

「失礼します」

「っ!?」

チャプンという音がして、サラが同じ湯に入ってくる。

「お背中、お借りしてもいいですか？」

「え？」

サラはマスターたるジサンの返事も待たずして、ジサンの背中に自身の背中を預ける。

（……）

不思議と熱い湯船の中でもサラの肌の温かみは感じることができた。内心、ジサンは緊張する。

（……以前は子供としか思わなかったのだが……）

こいつのために死なないようにすると考えるようになった頃から、何かが少し変わってきたとジサンも感じていた。

「マスター……」

「……どうした？」

「こんな私を、こんなところまで連れて来てくださり、ありがとうございます」

「え……？　どうした急に……」

「だって、私……R2技術で生み出されたモンスターですよ？」

R2技術とは具現現実技術……通称、リアル・リアリティのことである。

ジサンにはその表情は見えていなかったが、サラは困ったように苦笑いしてみせる。

「……」

「……忘れてましたか？」

「……」

「すまんな……難しいことはわからない」

「だけど、それは俺にとってそれ程重要なことじゃないように思える……」

「え……？」

〝君みたいな目的も信条もない、失うものもない。故に怖いものもない。命知らずの無敵の人……素晴らしいと思うよ〟

ジサンはふと、日中、ヒロに言われた言葉と以前であれば生じなかったであろう些細な対抗心のことを思い出していた。

確かに目的も信条もない……だけど。

「お前は失うモノが何もなかった俺に失うモノをくれた……」

「っ～～!!」

失う怖さを教えてくれたとか、素直に大切だと言えないのが不器用なジサンらしさではあったが、
サラには自分がジサンにとって〝失いたくないモノ〟であるということを十分に認識できた。

（ん……？）

サラからの返事はなく、なぜかブクブクという音が聞こえてくる。

「さ、サラ!?　…………？」

サラは顔を半分くらい沈めて、プクプクしていた。

「…………何してるんだ？」

「ちょっと逆上《のぼ》せてました……」

「……はぁ……」

少し困り顔をするジサンに、サラは呟く。

「……だからって……失わないで……くださいよ？」

「そうだな……それこそ命に代えても」

「っ～～！　って、そ、それじゃあ意味ないじゃないですか！」

「冗談だ」

「～～～～っ！」

あ、あのマスターが冗談を～～!?　と、すっかりやられてしまった大魔王様であった。

「オーナー、それじゃあ、明日また、ロビーで落ち合いましょう！」

「はい、了解です」

そう言って、シゲサトと一度、別れる。

ジサンとシゲサトはサロマコからワープ権限により、牧場に戻って来ていた。ジサン、シゲサトは現在、仙女の釣竿を獲得すべく魔帝：ジイニの討伐を目指している。

そして魔帝ジイニの出現条件がニホン三大湖で特定のモンスターをテイムすること。ジサン、シゲサトは最初にカスミガウラにてレンコーンをテイムし、次にサロマコでミミック・ホタテをテイムした。そこから最後のターゲット、ビワコに向かうために一度、チバの牧場にワープしていたのだ。


牧場でのルーチン作業を終えたジサンは最後に海洋エリアの水族館へと向かう。水族館には大型の水槽が並んでいる。しかし、中に生物の影はなく、どこか物寂しい雰囲気となっていた。

（さて……）

ジサンは空の中型水槽の前に立ち、メニューを弄る。

「あっ！」

サラが変化に気付き、小さな声をあげる。

「これは湖上でテイムした……」

「あぁ……」

ジサンはサロマコでテイムしたミミック・ホタテとトツゲキ・ワカサギを水槽に入れてみたのであった。

「ふふ……こうして見ると何だか可愛いですね！」

水槽の中をまじまじと見つめるサラがそんなことを言う。

「おーい、さかなー！　元気かー？」

（……）

その姿をしばらく黙って見ていたジサンは突如、メニューを連打し始める。

「ま、マスター？」

「すまん……少し時間をくれ」

「は、はい……！」

五分後――

「わー！　結構、増えましたね！」

「あぁ……」

ジサンも水槽の中を泳ぐ水生生物達の姿を見る。とりあえずボックスにいた小型の水生モンスターを一部、水槽に移したのである。

「サラ」

「はいっ⁉」

「水族館は楽しかったか？」

「えっ？」

ジサンの唐突な質問にサラは一瞬、理解が追いつかず、聞き返す。

「前にこの近くのカモガワ・オーシャンワールドという水族館に行ったのを覚えているか？」

「覚えてますよ！　マスターとのデートを忘れるはずがありません！」

（デートって……）

「あっ、質問の回答としては……〝はい〟です！　楽しかったです！」

「……」

「マスターと行く場所はどこだって楽しくはあるのですが、その中でもあの場所はとても美しくて、知らないことばかりで新鮮で強く印象に残っています」

「……そうか……ありがとう……」

「でも、マスター……どうしてそんなこと……」

「あれ？　オーナー、生体を入れたってことは……もしかしてその気になりました？」

「!?」

何かの臭いを嗅ぎつけたのか、突如、牧場の管理人、ダガネルが現れる。そして、珍しくジサンは彼の登場をちょうど良いと思うのであった。

「ダガネル……水族館を公開したい」

「なんと……！　承知しました……！」

「場所はどこがあったか？」

「この辺ですと、カサイ、イケブクロ、シナガワ、カワサキ……」

「であれば、カワサキにしたい」

「お!?　自らご指名とは……ちょっと意外でした。カワサキにする理由は……言うまでもないかもですが、ＤＭＺだからですかね？」

「あぁ……その通りだ」

非武装地帯……通称、ＤＭＺはモンスターがポップすることがない、現在、数少ない安全が約束された地であった。

当然、維持費の件もある。水族館は設置するだけで、月々五〇〇万カネを要するのだ。一般公開すれば、そのコストを回収することができるかもしれない。だが、理由はそれだけじゃなかった。

シゲサトや月丸隊、そしてジサンが苦手と感じている自治部隊も含め、皆、〝目的〟を持って戦っていた。ツキハは自身が戦う理由を〝子供のため〟と言った。

ジサンはゲームが始まる以前、そのような〝他人のため〟に何か貢献してきたことはなかった。むしろ、社会保障制度により、生かされていたのだ。彼が安楽死を選ぼうとしたのは、その虚無感、罪悪感も要因にあったかもしれない。

子供のため……というツキハに影響を受けているのが、彼らしいと言えば、彼らしいが、あてどないテイムも何かの役に立つのではないかと、自身の目的のなかった行動に対し、少し前向きになったジサンであった。

（さて……どうするか……）

水族館を公開することになり、ジサンは本格的なカスタマイズを検討することとなった。

まずは水槽の配置であるが、ジサンはひとまず入口付近に小型の水槽、中に入ると大型の水槽という初期設定《デフォルト》を維持することにする。

現実では難しいが、ゲームらしく配置の変更は後から容易に行うことができそうであった。

ジサンはすでに試しに生体《モンスター》を入れてみたが、一つのことに気付いた。それは小型の水槽に小型のモンスターを入れることしかできなかったのである。大型の水槽はまだ使えず、中型以上のモンスターも選択することができなかった。

（スタッフレベルが低いからか……）

＝＝

【アクアリウム】

アクアリウムレベル：0　場所：カワサキ

オーナー：ジサン　館長：指定なし　スタッフレベル：0

入館料：一〇〇カネ（プレオープン）

評判：☆☆☆☆☆（評価なし）

施設：小型水槽群、淡水コーナー、陸あり水槽、大型水槽

＝＝

ジサンはアクアリウムの状態を確認するとスタッフレベルというものが存在したのである。

ジサンはまず何をカスタイズできるのか改めて確認することにする。

＝＝

水槽の配置／水槽のヒーターや濾過装置／水槽のレイアウト（岩や水草など）

生体（生体はモンスターだけでなくアイテムとして入手できる生物も指定可能。アイテム生物は一部、購入も可能）

スタッフ（個性豊かなAIスタッフに加えて任意のキャラクターも指定可能）

トイレやベンチなどの施設／お土産コーナー

＝＝＝＝＝＝＝＝＝＝＝＝＝＝＝＝＝＝＝＝＝＝＝＝＝＝＝＝＝＝

（見栄えを考えるとモンスターだけでなく、アイテム生物もそれなりに重要そうだな……）

そもそもモンスターは全体的にサイズが大きいため、小型水槽では、購入可能なアイテム生物も大きな役割を担っていた。

（ひとまずＡＩスタッフを雇ってみるか……）

ということで、ジサンは何人かいるＡＩスタッフの候補の中から二人雇う。二人雇ったのは二人しか雇うことができなかったからだ。ＡＩスタッフには体力、知識、緻密さ、天賦（生体からのなつかれやすさ）などのステータスが存在し、個性があるようであった。

「「お雇いいただきアリガトウゴザイマス」」

ジサンが直感で雇ったボブとジョージが出現《ポップ》し、簡単な挨拶をする。

「よろしく頼む」

「「承知シマシタ！」」

そう言うとボブとジョージは水族館の中へ消えていく。

（スタッフレベルと……アクアリウムレベルも１上がったな……）

スタッフを雇うとスタッフレベル、そしてアクアリウムレベルが上昇した。その流れで生体を投入できるかについても確認する。

（お、投入できる生体の種類が少し増えているな……）

ジサンは追加で生体を投入する。購入可能であったアイテム生物も投入してみた。

（しかし、やはり大型水槽、大型モンスターは指定できないか……）

アクアリウムレベル1、スタッフレベル1ではまだかなりの制限があるようであった。

現状、入口付近の小型水槽群と淡水コーナーに生体がまばらにいる程度で、内部の水槽は空っぽの状態であった。

（条件は不明だが、アクアリウムレベルとスタッフレベルを上げていくのが当面の目標だな……スタッフはＡＩスタッフ以外にも任意スタッフも指定できるようだな……人型のモンスターも指定できるようだが、うーむ、一旦は指定なしでいいか……）

その後、水槽のレイアウトとして、岩や水草をフィーリングで設定した。

（港風セット……海底風セット……渓流セットと……お……！　それっぽいぞ……！）

有難いことにセットメニューがあり、初心者でもある程度、それっぽくすることができるようになっていた。それっぽくセットされた水槽の中で小型の生体が気持ちよさそうに泳いでおり、それだけでジサンは少し嬉しかった。こうして、ジサンの初めての水族館管理が終わった。


（あれ……）

「……」

シゲサトと合流し、ビワコへ向かうため、牧場からトウキョウ方面へバスを乗り継ぎ、西へ向かうバス停に行くため小さなダンジョンを突っ切ろうとしていた時のことである。進行方向にどこか見覚えのある二人が立っていた。その二人は目立つ赤い装備に身を包んだ男女であった。街中で赤の装備をしているのは自治部隊〝P・Ower〟の特徴だ。

「よぉ、シゲサト」

二人のうちの男、短髪で顔が整った気難しそうな青年が片手を上げる。長めの髪で眼鏡を掛けた女性はその男をじっと見ている。

「や、やぁ、グロウくん」

シゲサトは少々歯切れ悪く返事する。

それはカスミガウラ周辺の斡旋所で遭遇したシゲサトと因縁ありげなP・Owerのメンバー……グロウとアンであった。

「ど、どうしたの？　こんなところで……」

シゲサトは困惑気味に質問を投げかける。

「お前を守るために来た」

真剣な顔つきで言うグロウにシゲサトは反射的に応える。

「あ、いえ、間に合ってます」

「お前を守るために来た」

「う、うん……それはさっき聞いたよ……」

グロウは聞き間違いの可能性を考慮し、もう一度、言ったのだろうが、流石に聞き間違いではないことを認識したのか渋い顔をしている。

「でもグロウくん、よくここがわかったね……」

「まぁな……それより、お前こそどうやってホッカイドウから一気にカントウまで戻ってきたんだ」

「っ!?」

シゲサトは驚く表情を見せる。

（……シゲサトくんの居場所が察知されてる？）

ジサンは少々、不気味に思う。

「……それは企業秘密だよ」

シゲサトも困惑しつつも、牧場に関する情報は伏せる。

「そうか……ところでシゲサト……これからビワコへ向かうのだろう？」

「うん、まぁ、そうだけど……」

「先ほど、お前を守ると言ったが、つまりはビワコへ行くのを阻止しに来た」

グロウは抽象的な表現により思いを十分に伝えられなかったと判断したのか具体的な手段の提示により訴えかける手法に切り替えたようだ。

「できれば好きにさせてほしいのだけど……」

だが、シゲサトにはあまり響いていないようだ。

「どうしてわかってくれないんだ？」

「え、えーと……」

シゲサトは困り顔を見せる。

（……）

傍から見ても全く理解できないなぁとジサンは首をかしげる。

「ちなみに何でビワコへ行くのを阻止するのかな……？」

なるほど、それがわからないから意味がわからないのだなとジサンは頷く。

「なぜって、シゲサト……お前、自分が狙われているのがわかっていないのか？」

「ん……？」

「とんでもなく鈍感な奴だ……お前……魔王を倒しただろ？　最近になって魔王を倒した奴らがどうなっているかは流石に知っているだろ？」

「うん、まぁ……」

「実際にサロマコで謎の二人組に狙われたんだろ？」

「っ……!?　詳しいんだね……」

「自治部隊に入っていればそんな情報も入ってくるさ……」

グロウはいくらか得意顔だ。

「……ヒロさんが共有したのかな……まぁ、善意なんだろうけど……」

シゲサトは少し顔を曇らせる。

「ちなみにどうやって俺達がここにいるってわかったのかな？」

「フレンドの居場所が感知できる魔具がある」

「なるほど……」

「本題に戻るが、ビワコに行くのは止めろ」

グロウはやや強い口調で言う。

「サロマコで狙われたということは、お前がビワコに行くということは間違いなく予期されている。以前より更に強い刺客に狙われるかもしれない」

「……そ、そうかもしれないけど」

「シゲサトが狙っているのは仙女の釣竿だろ？　お前にとっては欲しい物なのかもしれないが、無くてはならない道具ではないはずだ……それよりもお前の命の方がよっぽど大切だ……！」

「……っ！」

シゲサトは口籠る。

（…………）

独りよがりな論理にも思えたが、今のジサンには彼の言い分も多少なりとも理解できた。

「いい加減に目を覚ませ！　モンスターはリポップするが、お前の命は一度きりだ……！」

「ちょっ！　そ、それは聞き捨てならないよ……！」

シゲサトは抵抗を示す。

「まぁ、いいよ！　グロウくんがいくら止めたって俺は行くから！」

「そうか……ならば力尽くで止めるしかないな」

グロウはそう言うと、ゆっくりと武器を取り出す。

「えっ……？」

シゲサトはそこまでされるとは思っていなかったのか動揺していた。

「決闘は相手の合意の上で……ですよ！」


「「!?」」

（……何だ？）

後方から聞こえた第三者である女性の声がグロウの行動を停止させる。自然とシゲサトやグロウ、そしてジサンやサラもそちらの方向を見る。

（あ……）

肩より少し長いくらいのストレートなミディアムに明るめの髪色の可愛らしい女性。白をベースに水色の模様があしらわれた騎士風の格好をしている。ジサンはその人に見覚えがあった。

（あれはカスカベ外郭地下ダンジョンから出てきた時にも遭遇した……）

それは初期に配置された四魔王のうち、第一魔王、第三魔王を討伐したレジェンドパーティであるウォーター・キャットの筆頭、魔女のミズカ、その人であった。ミズカは魔女のクラスで名が知れているが、装備自体は魔法職というよりは戦闘職の格好をしていた。

「な、何だ、君……こちらの事情に口を……」

「さっきも言いましたけど、決闘は両者の合意の上でするのがいいと思います」

ミズカはぴしゃりと言う。

「そ、それは……」

「ぐ、グロウ……あの人……」

「ん？　何だ？　っ……!?」

アンが注意を促したことで、グロウも相手が何者であるか気付いたようであった。魔王討伐者は基本的に顔が公開されている。

「どうしてもって言うなら、私もそちらの困っている方々に加勢しようかと思いますが……」

「っ……くっ……」


「ありがとうございました！」

小さなダンジョンを抜け、西へと向かうバス停の近くで、シゲサトがミズカにお礼を伝える。

「いやー、まさかシゲサトさんだったなんて……！　あんなのは不要でしたね。お恥ずかしい……」

ミズカは言葉の通り、恥ずかしそうに頬を染める。

「そ、そんなことないです！　ミズカさん、格好よかったです！」

「そ、そうかな……それならよかったです。あっ、すみません、もう少しお話ししたいところですが、私、ちょっと遅刻中の身にて、急いでいますので、これにて……」

「急いでいるところ本当にありがとうございました！　それでは俺達はこっちなので……」

シゲサトは感謝を告げ、バス停へと向かおうとする。

「あっ、私もそっちです……」

「え……」


「お、オーナー……」

「へ……？」

バスの中で爆睡していたジサンは通路を跨いで反対側の席に座っていたシゲサトによって目を覚ます。

（えーと……確か、グロウがバス停に向かうのを阻止してきたが、それをウォーター・キャットのミズカさんに助けられ……バスには乗ることができて……）

「ま、マスター……！　らめれすそんなのぉ……！」

「!?」

唐突な身に覚えのないイヤヨにジサンはびくっと肩を揺らす。

「マスター……むにゃむにゃ」

「……」

ジサンの隣、窓側の席ではサラが未だ眠っている。気付けばバスは停車している。

「申し訳ない、寝てた。着いたのかな?」

「あ、いえ、実は俺もオーナーが気持ちよさそうに眠っているのを見ていたら寝ちゃってまして……」

「そうでしたか、お恥ずかしいところを見せてしまいましたね」

「いえいえ……そんなことは……でも、ちょっと妙ですね……」

シゲサトが周りを見渡しながら言う。

「ん……?」

ジサンもシゲサトに倣い、周りを見渡す。そして確かに少し妙だなと思う。元々、バスに運転手はいないのでその点は不思議ではないのだが、バスの扉は開放されており、外はまるで森……いや、ダンジョンのようであった。そして時間は早朝……バスに乗ったのは夕方くらいであったから、つまるところ一晩眠っていたことになる。

「うーん……とりあえずミズカさんも起こしてみますか……」

「……えぇ……」

同じバスに乗り合わせた唯一の乗客……ウォーター・キャットのミズカもバスの中でスヤスヤと眠っていた。

「な、何ですかーー！　これぇええ!!」

バスの外に出たミズカはわかりやすく驚きの表現を示す。ジサンはこれまでのミズカを見て、感情豊かな人だなぁと思う。

「うわぁあ！　どうしよう！　更に遅刻だ……！　連絡しなきゃ……！」

ミズカはいそいそとメニューを弄り出す。

「うーん、全国マップ位置、表示されませんね……何でだろう」

メニューをいじりながらシゲサトが言う。

見た目は森風のダンジョンのそれであったが、シゲサトの言う通り、全国マップの位置が表示されていないのは確かに不気味であった。

「ふわぁ～～」

一方、サラは未だ眠そうに目を擦っている。再起動まで多少時間が掛かりそうだ。

「うわっ！　困りました！　なんか、連絡が遮断されてます！」

「えっ……!?　あ……本当だ……」

ミズカからもたらされた連絡遮断の情報をシゲサトも確認する。

「うーん、何かのゲーム的なイベントに巻き込まれてしまったのかもですね……となると、何とかクリア条件を突き止めて、満たさないと……ですね」

シゲサトが呟くように言う。すると、ミズカがそれを拾う。

「困ったなぁ、でも、こんなのに巻き込まれたのも何かの縁、一蓮托生、一緒に頑張りましょう!」


「改めまして、初めまして……ミズカです。遅刻して今はソロですが、普段はウォーター・キャットというパーティで活動しています」

「あ、わざわざご丁寧に……こちらこそ初めまして、シゲサトと言います」

基本的には常識人である二人は急に畏《かしこ》まって挨拶を始める。

「えっ!?　ってことは、今更だけど、もしかしてこの方が……ジサンさん!?」

「っ!?」

急にミズカがジサンの方に向き直し、比較的、大きな声でそんなことを言う。

「え、あ、はい……」

「やっぱり……!　ってあれ?　どこかで見たことあるような……」

(カスカベ外郭地下ダンジョンの出入口でのことだろうか……)

「あっ、そうだ、そうだったね!　確かにカスカベ外郭地下ダンジョンのところだ、ありがとう!」

(……?)

ミズカは自身で思い出す。が、何となくまるで誰かに教えてもらったような反応を示す。

「でも、まさかもう会っていたなんて……！」

（……？）

ジサンは急に自分の名前を呼ばれた上、ミズカのテンションが上がったことに戸惑う。

ジサンが戸惑っていたのを察したのか、ミズカが補足してくれる。

「あ、ごめんなさい……急に大きな声を出してしまって。実はですね、月丸隊のツキハさんから少し情報を貰っていて……すごい人がいるって……」

「なんと……」

ツキハが自分のことをすごいと第三者に対して評価していることを聞き、ジサンは嬉しく思う。

「あの、ほら……えーと、恩を売るわけではないですが、以前、ボスを倒した時に匿名にする件、あれって実は私達がしたんですよ？」

（……！　そう言えばそうであった）

「その節はお世話になりました」

「いえいえ、それはいいんですけど、少し前にツキハさんと電話で話をした時に、今はシゲサトさんと行動してるって伺ったんですよ。えーと、確か……見た目は知的でエレガント……だと……」

ミズカはジサンをチラッと見ながら、情報には多少、個人的な感想が含まれていると感じたのか語尾が弱くなる。一方、ジサンの傍らにいるサラはなぜかウンウンというように頷いている。

「サラ、あの人はシャチの人のパーティの人だ」

「マスター、失礼ながら知っておりますよ」

「お、そうなのか……すまなかったな」

「とんでもないです！」

サラは他人にあまり関心がなさそうであったため、それは少し意外であった。

「話変わりますが、詳細マップに表示されている〝邪龍ドラド〟と〝魔龍ピクク〟って何だろう？」

（ん……？）

シゲサトがマップを見ながらそんなことを呟く。全国マップには表示されていなかったが、詳細マップにはそのエリアの情報がいくつか表示されていた。


「止まれ、貴様ら！」


と、突如、あらぬ方向から制止命令を受ける。

挨拶をしていたところへの唐突な第三者の制止命令に、シゲサトが素っ頓狂な声をあげる。

「へ……？」

「何だ……？」

ジサンは辺りを見渡す。

いつの間にか数名に取り囲まれていた。取り囲んでいた者達は威嚇するように掌をジサンらに向けている。

「貴方達は何者でしょうか？　見たところ人族に見えますが……いや、そちらの娘は魔族でしょうか？　魔物……ど、ドラゴンも使役している……？」

取り囲んだ者達の一人、赤髪の男性が神妙な顔付きで質問を投げかける。

（……？）

しかし、ジサンは質問の意図を理解できなかった。ジサンらを包囲した者達の姿はリアル・ファンタジーの世界にどっぷり浸かっている、あるいはゲームを構成する要素そのものであると感じられたからだ。故に、何者だと問われることに少々、違和感を覚えたのだ。取り囲む者達はやや特徴的な姿をしていた。ベースは人間の姿をしているものの頭から角、背中からは爬虫類のような翼が生え、そして、脚の後ろには、にょろりとした尻尾が見えた。その姿はファンタジー世界ではしばしば登場するある種族を連想させた。

龍人《ドラゴニュート》だ。

加えて、一点、視覚から入る情報で、確認できることがあるとすれば、名称が表示されていない。このことから一般的なモンスターではないことがわかる。名称が表示されないのは人間《プレイヤー》、NPC、またはGMに近しい高ランクのモンスターのいずれかである。この中で、もっとも有力なのはNPCだろうかとジサンは予想する。

「あなた方、先程、ドラドとピク……」

「うぉおおおおおおお！」

「「「!?」」」

突如、叫ぶ人物がおり、ジサンは勿論、ミズカ、そして龍人の方々も驚く。

「な、なんだ……？」

「ど、ドラゴニュートですよ！　ドラゴニュート！　そんな装飾品、どこで手に入れたんですか⁉」

「そ、装飾品？　何のことでしょう⁉」

「えっ？　装飾品じゃないってことは……NPC？　まぁ、何でもいいやっ！　どっちにしても超かっけぇことに変わりはないいんだからっ！」

シゲサトは鼻息を荒くする。

取り囲んだはずの龍人の方々はシゲサトの勢いに押され、むしろ動揺している。

「ちょ、ちょっとシゲサトさん、落ち着いて！」

ミズカが興奮したシゲサトを冷却する。

「あっ、はい……す、すみません……つい……」

「先程、皆様は私達に何者かと聞きましたが……プレイヤーです。で、伝わりますか？」

「プレイヤー……？　どういう意味だ……？」

「うーん……じゃあ、一旦、人族ということで……」

「一旦……？」

ミズカの意外と適当な回答に、赤髪の龍人はやや腑に落ちない表情をしている。

「逆に、貴方達は？」

「ご存知ないのでしょうか？　ここは〝龍人《ドラゴニュート》の森〟。他族の無断での出入りは禁止されております」

「やっぱりドラゴニュートだ！」

シゲサトのボルテージが上がっている。それを程々にいなして、ミズカが龍人に問い掛ける。

「出入りが禁止されているってことは私達は追い出されるのでしょうか？」

「本来であれば、そうするのが法《ルール》なのですが……」

「……？」

「実はこちらも少々、問題を抱えておりまして……」

龍人達は顔を見合わせ、アイコンタクトを取り、お互いに合意し合うように相槌を打つ。

「実は皆様は、探索の末、ようやく見つけることができた〝外来者〟でもあります」

（……？）

「少し事情を伺いたく……立ち話も何ですし、我々の集落までご同行願えないでしょうか？　客人として、お迎えしたい」


「おー、なんか雰囲気あっていいですねー」

シゲサトが上空を見上げながらそんなことを言う。

「た、確かにそうですね」

連れられてきた龍人の集落は巨木の中腹に木版を敷き詰めて、空中に居住空間を実現していた。

空中〝都市〟と呼ぶには少々、大袈裟であるかもしれないが、それでも高所恐怖症でもない限り、男というものは本能的に高いところに惹かれる生き物なのかもしれない。ジサンとシゲサトは少なくはないワクワク感を抱きつつ、樹上へのゴンドラに乗車する。

「我々の集落が気に入っていただけたでしょうか？」

「はい……！　とても……！」

赤髪の龍人の質問にシゲサトは笑顔で答える。

「あー！　ロワ！　ついに部外者を見つけたのか⁉」

（……？）

気が付くと龍人族の子供らしき少年が赤髪の龍人に話し掛けていた。子供と言ってもしっかりと龍人らしく角と尻尾、そして翼が小さくとも立派に生えている。

「グピィ……！　部外者は失礼だぞ、止めなさい……！」

「ってか、すげぇ！　なんかかっけぇドラゴンがいる！」

グピィと呼ばれる少年の龍人は、赤髪の龍人の言葉を無視して、シゲサトが使役していたヴォルちゃんに興味を示す。

「どうしたの？　このドラゴン？」

「あの方が従えているそうです」

「えっ⁉　あの軟弱そうな兄ちゃんが⁉」

（ちょっ……！）

「そうだぞー！　すごいだろー！」

シゲサトは軟弱そうと言われてもあまり気にしている様子はなかった。

「す、すごくなんかないやい！」

そう言うと、グピィは風のように去っていった。

「あっ……」

「す、すみません……怖いもの知らずで困ったものです」

「い、いえ……大丈夫ですよ」

シゲサトは本当に嫌な顔一つせず、対応し、赤髪の龍人もほっとしたような表情を見せる。


ジサンらはとある人物がいるという部屋に案内されていた。

「長老……旅の方々をお連れいたしました」

「入ってくれ」

部屋の外から赤髪の龍人が声をかけると中からしゃがれた声が返ってくる。

「それでは、恐れ入りますが、お願いします」

そうして、ジサンらは部屋の中に案内される。石造りの部屋は決して大きくはなく、質素な造りをしていた。そして、部屋の中央には、対面で会話可能なソファが用意されており、一人の龍人が立って待っていた。

「旅の方々、ご足労いただき、申し訳ない。ワシはこの部族の長老である」

腰は曲がり、赤髪の龍人と比べると、体格は小さく映る。皮膚には皺《しわ》が目立ち、まさに長老という姿をしていた。そして、ソファに座ってくれというようなジェスチャーを見せる。ソファに座れるのは三人であったため、ジサンらはお互いに譲り合おうとするが、最終的に断固拒否したサラ以外のジサン、シゲサト、ミズカの三名がソファに座ることとなる。

「すまぬが……、ワシも座らせてもらってもよろしいか……？」

そう長老が言うと、ミズカらがアワアワとしながら、許可を示すように手のひらをソファに向け、それを待ってから長老がゆっくりと席に着く。赤髪の龍人がその脇に立っている。

「それではこちらから少し話をさせていただきましょう」

そう前置きして、長老はゆっくりとした口調で語り出す。

「我々、龍人族はこの集落で細々と暮らしていたのじゃ。いや、今もこうして暮らしているわけではあるのですが、半年ほど前から奇妙な変化が起き始めたのじゃ」

（……半年ほど前というと夏頃。ちょうど仕様変更でＮＰＣが実装された頃か……？　その少し後にルィに遭遇したんだったかな）

とジサンは最近、再会を果たしたぼったくり価格でゲームの情報を提供してくれるＮＰＣ……ルィのことを思い出す。

そう言えば、エルフやらシルフもファンタジーでは定番のキャラクターだよなぁとジサンは思う。

「その変化とは具体的に何でしょうか？」

ミズカが聞き返す。

「まず一つ目ですが……この森の外に出られなくなったのじゃ」

「!?」

「それまではこの森の外には穏やかな平原が広がっており、人族や亜人族の国境とも接していたのじゃが、変化が起きてからというもの森の境界に到達すると反対側の森へとループしてしまうようになってしまったのじゃ」

「マジですか……これはちょっと俺達もまずくないですか？」

シゲサトが同意を求めるようにジサンの方を見る。

「確かに……」

それは即ち、ジサンらもこの森を脱出できない可能性があったからだ。

「そちらも状況は似ているのかもしれないですね……」

長老は少しトーンを落とす。

「そちらからの情報提供の前に、まずはこちらの説明を最後までさせていただきましょう。森の外に出られない以外のもう一つの変化……それは強力なドラゴンの発生じゃ」

「ど、ドラゴン!?」

「そう……ドラゴンじゃ。変化が起きてからというもの……これまで森に存在しなかったドラゴンが出現し始めたのじゃ」

長老は神妙な面持ちで説明を続ける。

「龍人の森にはこれまでも少なからず……リザードやパンサーといった魔物はいた。しかしそれらは我々、龍人にとって厄介ではあっても脅威となる存在ではなかった。本来、龍人はドラゴンとコミュニケーションを取ることができ、彼らとの関係は良好であった。しかし、最近、出現したドラゴンについてはそれを行うことができないのじゃ」

（モンスターがＮＰＣを襲撃するということだろうか）

「一大事であると感じた長老は龍人の頭首にのみ使用可能な〝龍玉による予言〟を行いました」

隣にいた赤髪の龍人が補足するように言う。

「結果は……？」

シゲサトが息を呑むように確認すると、長老はふぅと溜息をつき、そして口を開く。

「……〝災厄の襲来〟じゃ」

「えっ⁉」

「龍玉は災厄が訪れることを示している」

「災厄……それはいつ来るのですか？」

「ミズカさん、流石にそんな都合よく……」

ぐいぐい切り込んでいくミズカをシゲサトが窘《たしな》める。が……

「明日じゃ」

「マジですか……」

「そして、更に困ったことに、最近になり、我々、龍人の三守龍と呼ばれている三人の龍人のうち、ワシ以外の二人が集落から忽然と姿を消してしまったのじゃ」

「三守龍とは、その名の通り、我々の集落を守りし、強力な龍人です」

長老に代わり、赤髪の龍人が三守龍について説明する。

「な、なるほど……それは困りましたね……ですが、申し訳ないですが、私達も先ほど、この森に迷い込んだばかりで、こちらから提供できる情報は……」

「そんなはずはないです……！」

ミズカが謝ろうとすると、赤髪の龍人はやや強い口調でそれを否定する。

「えっ⁉」

「先程、あなた方は呟いていたはずです！　賢龍ドラドと勇龍ピククと……」

（確かにマップには表示されていた。邪龍ドラド、魔龍ピククと……）


「なるほど、十分に理解するには至っていませんが、そのような事象が起きていることは認めざるを得ない……という状況ですね」

赤髪の龍人はシゲサトが展開したマップに表示された文字を見て、驚きを隠せない様子であったがその事象についてひとまず納得する。

「ってか、龍人さんは、ニホン語が読めるのですか？」

「ニホン語……？　いや、ここには我々の言語が表示されていますが……」

「⁉」

ＡＩの謎技術の賜物なのか、どうやらそのようであった。

「情報提供ありがとうございます。ひとまず私は急いで彼らのもとへ向かおうと思います。何しろ災厄の日は明日なのですから……」

赤髪の龍人はそのように言う。

「付いていかせてください！」

と、シゲサトが当然のようにそう主張する。

「えっ？　だ、大丈夫ですか？」

「俺達もここから出られない問題は同じと思います。それにマップに表示されている以上、何らかのゲーム的なイベントである可能性が高いです」

ミズカもシゲサトに協調するように言う。彼女も付いていくつもりのようだ。

「ど、どうしましょう……長老……」

赤髪の龍人は少々、困ったように長老に意見を求める。

「ロワ……ここはお言葉に甘えよう」

「……承知しました」

「ワシも協力したいところじゃが、龍人族はエルフなどと違い、老いる。三守龍と言われているワシであるが、戦闘はすでに引退済み……単純な腕っぷしなら、そこのロワの方がずっと上じゃ……役立ててくだされ……」

ロワと呼ばれる赤髪の龍人は会釈するように頭を少し下げる。

「こちらこそ、よろしくお願いします！」

シゲサトはキラキラと目を輝かせる。

「ここに邪龍ドラドと表示されています」

「なるほど……では、こっちですね」

赤髪の龍人ロワはシゲサトが表示するマップを覗き込んだ後、行くべき方向を示す。

「しかし、おかしいですね。我々もここ最近、この森はくまなく調査しているつもりでした。この辺りにも行ったと思うのですが、特段、何もありませんでした」

「そうなんですね……」

「ところでシゲサト様が使役されているドラゴンは……」

「あ、えーと、彼はヴォルケイノ・ドラゴンのヴォルちゃんです。もしかしたらロワさん達の言うところの、この森に存在しなかったドラゴンだったりするのですか？」

「やはり、あのヴォルケイノ・ドラゴンでしたか……」

「えっ？」

「ヴォルケイノ・ドラゴンはこの森には確かにいないのですが、極めて強力なドラゴンとして集落の図鑑にも載っています。確かもう少し巨体であると記載されていましたが、姿が似ていたので……」

「あ、確かにヴォルちゃんは元の姿はもっと大きいです」

「え？　どういう……？」

「えーと……な、何でもないです」

シゲサトは苦笑いしながら、誤魔化す。情報過多で混乱させない方がよいと判断したようだ。

（……ここまでは変わったところはないな）

ロワとシゲサトが会話をしている余所で、ジサンは辺りの様子を確認していた。肝心の森はこれまでの森ダンジョンの光景と特段の違いはなかった。

「ご注意を……！　魔物です」

と、ロワが簡単に警告を出す。

（お……？）

前方の茂みから体長三メートル程度の大型のトカゲのようなモンスターが現れる。

「あれはライキリ・トカゲ……電撃を扱う凶暴なリザードです！」

「了解です！　ちゃっちゃとやっつけちゃいましょう！」

シゲサトが返答し、それに同調するようにジサン、ミズカも戦闘態勢に入る。

（…………あれ？）

ジサンがふとリザードはシゲサトくんの中でドラゴン判定ではないのだろうかと考えている時に、ライキリ・トカゲについて不可解な点があることに気が付く。

（……モンスター名が表示されていない？）

「よぉし！　ドラゴンっぽいから俺がテイムしちゃいますよ！」

（お、一応、ドラゴン判定なんだな）

リザードもどうやらシゲサトの中ではドラゴンに含まれるようであった。モンスター名が表示されていないことに気付いていないシゲサトはその大砲でもってライキリ・トカゲを一気に攻め立てる。

「グギャっ！」

弾丸を浴びたライキリ・トカゲは小さく呻き声をあげる。

「おぉ……」

シゲサトのアクションに対し、ロワは目を丸くし、小さく感嘆する。龍人にとってライキリ・トカゲは難敵であったのだ。それを瞬く間に処理した謎の人族に対し、驚きを覚えるのは当然であった。

「って、あれ……よく見るとＨＰゲージがないような……」

シゲサトが動きを止めたライキリ・トカゲを見て、差異にようやく気付く。ジサンも奇妙に思う。この程度のモンスターであれば１００％テイム武器でなくとも、上位のテイム武器であればほぼ確実にテイムに成功するであろう。普段であればすぐにテイム成功のエフェクトが発生するのだが、そうならない。仮にテイムに失敗したとしても戦闘勝利による小さなファンファーレが流れるのである。

「見事です」

ロワがシゲサトに賛辞を贈っている。

「あ、どうもです……でも、おかしいな～～、テイムにならな……」

（……！）

シゲサトがテイムにならないと言い掛けた時、ライキリ・トカゲの周囲にリング状のエフェクトが発生し、ライキリ・トカゲがその場から消滅する。そして聞きなれた簡単なファンファーレも流れる。

それは見慣れたテイム成功のエフェクトである。

「あ、やっぱりちゃんとテイム成功できましたね！」

シゲサトが空間ディスプレイのパネルを操作し、確認しながら言う。

（ラグ？　……若干、ロードが遅れているのだろうか）

ジサンは遅延を疑う。これまであまり目にしたことのない現象であった。それでもある意味、元通りとなったことで幾分、ほっとする。と、今度は意外な人物が不可解な表情を見せる。

「あの……ライキリ・トカゲの死体は一体どこに……？　それに……何か変な音が頭の中を流れたのですが……」


「なんですか、これは……」

ロワはシゲサトに教えてもらい出現させた空間ディスプレイを弄りながら神妙な顔付きをする。

「私のレベルが表示され、それぞれの力が数値化されている……？　使える技も列挙されている？このクラスというのは何でしょう……？」

ロワはステータスメニューを確認しているのか、ディスプレイを眺めながら、まるでゲームを初めてプレイするかのような疑問を口にする。

（……プレイヤー……なのか？）

一方でジサンも不思議に思っていた。龍人達はＮＰＣであると思っていたのだが、実際にはプレイヤーの扱いになっていたことにだ。

「また何か来ました！」

そんなロワを余所に、ミズカが短く警告する。

「!?」

別のモンスターが現れていた。ドラゴンの姿をした四体のモンスターがジサンらを取り囲む。

「こ、こいつらは……」

「がぅうう……！」

（な、な、な、ナイーヴ・ドラゴォおおおン!!）

そこにいたのは間違いなくナイーヴ・ドラゴンであった。

「出ましたね……」

ロワが呟くように言う。

（……？）

「気を付けてください……奴らがこれまで森に存在しなかった強力なドラゴンです」


「ギャゥ……っ！」

最後のナイーヴ・ドラゴンがエフェクトと共に消滅する。今度はライキリ・トカゲの時のようなラグは発生しない。

「オーナー、お疲れ様です！」

シゲサトが簡単に労《ねぎら》う。

「……っ」

ロワはジサン達の想像以上の実力に単純に驚いていた。龍人の精鋭達が苦戦していた謎の新興ドラゴンを旅の者達は全くと言っていいほど寄せ付けなかったからである。

「貴方達……すごくお強いですね……」

「ありがとうございます……！　でも、ナイーヴ・ドラゴンが問題のドラゴンだったなんて……」

シゲサトは少々、腑に落ちないような表情をしていた。

「奴らはナイーヴ・ドラゴンというのですか……ちなみに他の種類もいますが、とりわけ彼らは特に強力です。奴らは集落の子供達が読む絵本に出てくる伝説のドラゴンに姿形が似ているのです……私も子供の時に読んだ絵本でもあるので、少々、不気味ではあります」

「そうなんですね……それは確かにちょっと不気味ですね……でも、それはそうとして、ロワさんもとても強かったです！」

シゲサトはそのようにロワを讃える。

ジサンの目から見ても、確かにロワは強かった。ナイーヴ・ドラゴンと肉弾戦を演じ、見事、一体のナイーヴ・ドラゴンを仕留めたのである。ジサンは少々、ナイーヴ・ドラゴンに情が湧いていたため手を出さず、シゲサト、ミズカ、そしてサラにお任せしていた。

ちなみにサラは躊躇なくナイーヴ・ドラゴンを一体、消し炭にしていた。

「いえ、私など龍化もできぬ、未熟者です」

シゲサトの賞賛に対し、ロワはそのように謙遜する。

「龍化っ⁉」

浪漫のあるワードにシゲサトが再び目を輝かせている間に、ジサンは考える。

（しかし、確かに、そこら辺のダンジョンに比べるとかなり高ランクだな……）

ナイーヴ・ドラゴンはランクNの強敵だ。カスカベ外郭地下ダンジョンが基準となっているジサン、サラにとっては難敵とは言えないかもしれないが大多数のプレイヤーにとってはそうではないだろう。そこら辺のダンジョンにナイーヴ・ドラゴン四体が出現しては、多くの被害者が出るだろう。

「シゲサトくん、そういえばさっきのライキリ・トカゲのランクは何だったのかな？」

「え？　何だったかな、ちょっと確認してみます」

そう言うとシゲサトはディスプレイで確認する。

「あ、えーと、ランクGですね」

「ありがとうございます」

（……結構、差があるな）

「えっ!?　珍しいですね」

傍らで話を聞いていたミズカがそんな感想を述べる。ミズカが少なからず驚きを示したのは、それが一般的なダンジョンではあまりない現象であったからだ。通常は似たランク帯のモンスターが配置される傾向にあるからだ。

ただし、何事にも例外は存在する。その一つがカスカベ外郭地下ダンジョンである。

彼《か》のダンジョンは生息モンスターのランク幅が非常に大きいダンジョンとして有名であり、誰よりもそれを知っているのはジサンであった。

「ひとまず先へ進みましょう……」


「サラちゃん」

「なんだ？」

邪龍ドラドが指すポイントへ向かう道すがら、シゲサトが前を歩くサラに声を掛けるがサラは首だけ捻って対応する。

「あ、いや、何でもないよ」

サラの釣れない対応にシゲサトは悪いと思ったのか口を噤《つぐ》む。

「な、なんだ……気になるではないか」

自分で塩対応しておいて、いざ何でもないと言われると気になってしまうサラであった。

「い、いや……大したことじゃないんだけど、背中に虫が付いてるよ」

「えっ!? 虫？ どこ!?」

サラは意外にも動揺して虫を引き剥がそうとクネクネと動いている。

「あ、取れた」

「な、なんだこの虫は……！」

「うーん、見た目はゾウムシにちょっと似てるけど」

「虫けらの種類などどうでもいいのだが……！」

（ゾウムシ……？ ……しかし、あの不遜なサラが動揺することもあるんだなぁ）

と、ジサンはシゲサトとサラのやり取りを横目に見る……と。

「お……」

ジサンは道端で綺麗な鉱物《こうぶつ》を発見する。

（……何だこれ、高く売れる奴か？）

ジサンはその鉱物に手を伸ばす。

「どうしましたか……？ キノコでも見つけましたか？」

おじさんの不審な物拾いに気づいたロワが声掛けをする。

「あ、いや、鉱物を発見したので」

「鉱物ですか……」

「あ、はい、綺麗だったのでつい」

「そうですか……ですが、それはあまり貴重なものではないと思います。ほらっ、その辺にもたくさん落ちていますし……」

「え……？」

そう言われて辺りを見渡すと確かに綺麗な鉱物が点々と落ちていた。

（あまり珍しい物ではないのかな……）

などと考えているうちに鉱物が消滅する。つまり、アイテム化されたようである。

［サイドライト鉱石　を入手した］

（一応、れっきとしたアイテムではあるんだな……）

「ロワさん、ドラドさんってどんな方なんですか？」

サラの背中から虫を除去したシゲサトがロワに聞く。

「賢龍ドラド様は私の憧れの方です。気高く、謙虚で誠実……彼にこそ明鏡止水という言葉がよく似合う。そして何より、お強い」

ロワはまるで子供のように目を輝かせて、ドラドについて語る。

「おぉー！　凄い方なんですね！　益々、会うのが楽しみになってきました！」

「この辺りだよー」

シゲサトが鼻息を荒くしていると、ミズカがのんびりとした口調でそんなことを言う。

（ん……!?）

木々の陰に建造物があった。

「な、なんなんでしょう……これは……！」

ロワが驚きを見せるのも頷ける。それは森の中にあるにしては、極めて異質……まるでスパ・リゾートのような外観をしていた。そして、その入口には、何やら巨大な看板が掲げられていた。

［本ダンジョンにおいては女性は水着着用でないと入場できません］

「「「え……？」」」


「へぇ～、中はこんな感じになってるんだ～。なんか南国みたいでいい雰囲気だね！」

温暖な気候、南国の植物、広々とした美しい砂浜、そしてエメラルド・グリーンの海。中はまるで南の島のビーチのようになっていた。

ミズカは水着姿であり、初心《うぶ》なジサンはやや目のやり場に困るような状況であった。ただ、水着の上から、ラッシュガードという羽織るパーカーのようなものを着ており、露出控えめであったのがジサンにとっては救いであった。

「どうです？　マスター！」

そして、もう一人、水着姿の者がいる。サラだ。

「お、おぅ……」

「おぅって何ですか!?」

サラは白いビキニ姿で、ミズカのような羽織るものもなくノーガード。上背の割に出るところは出ている。褐色の肌との対比もあり、かなりのパンチ力があった……が、少々、罪悪感を覚えるような危うさもあり、ジサンは何とも言えない複雑な心境であった。

ミズカ、サラが水着であるのは言うまでもなく、このダンジョンの入場条件であったからだ。ご丁寧に水着の自動販売機まで設置してあった。そのインパクトが大きく、見逃しそうになったが、入口の看板にはもう一つ記載されていることがあった。

[本ダンジョンのボスは必ずテイムできる」というものであった。

ボス＝邪龍ドラドであろうか？　と皆、予想し、ロワにもボスがドラドであった場合、テイムすることで、取り戻すことができるかもしれないと伝えた。ロワはそうであった場合の旅の者達《ジサンら》の身を案じながらも、災厄の襲来が明日に迫っているということもあり、やむなしというように納得するのであった。

「で、何で、主はそんな格好をしておるのじゃ？」

「えっ!?」

サラが挙動不審の人物に問う。

「え、えーと……ビキニ水着はちょっと……俺も海パンで砂浜を闊歩したいよぉ」

「はぁ……」

サラは〝何言ってんだこいつ〟とでも言いたげにシゲサトに訝しげな視線を送る。それもそのはずだ。ダイビングならまだしも、この美しいビーチにおいて全身を包み隠すようなウェットスーツ姿のシゲサトはかなり不審であったし……何より少々、残念であった。

「えーと……」

ミズカも不思議そうにシゲサトを見る。彼女にとってみると、今、初めてシゲサトの性別がわかった状態である上に、謎のウェットスーツである。

「隠しているわけではないので、この際、言いますが、俺は生物学的には女性なんです。そこは事実として仕方ないんです！」

「生物学的に……と言うと……あっ……」

ミズカは一瞬、不思議そうな顔をしたが、デリケートなことであると悟ったように口をつぐむ。

「しかし……なぜ女性だけ水着……？　本当にこんなところにドラド様はいるのだろうか……」

ロワは眉間にしわを寄せ、悩ましげに言う。

「看板を見る限り、ボスがいるみたいだし、とりあえずそいつを捜しましょうか」

ミズカが音頭を取り、皆、了承する。

ダンジョン内は一本道になっており、次第にビーチエリアから外れ、スパ・リゾートのようなエリアに変わっていた。

「ま、マスター！　あれは何ですか⁉」

サラが前方に出現した巨大な滑り台を見て、ジサンに質問する。

「ん……？　ウォーター・スライダーじゃないか？」

「ウォーター・スライダー⁉」

「滑り台みたいなものだ」

「す、滑り台⁉」

サラは子供のように目を輝かせる。

「行ってきていいぞ」

「はわぁあああ」

サラは素直に喜びを表現する。

「というか、あのウォーター・スライダー、奥に行くには通らないといけないみたいです……」

横にいたシゲサトが言う。

「ほ、本当ですか……」

確かにダンジョンの進行方向はウォーター・スライダーへの入口で塞がれていた。

（ってことは、自分も滑らないといけないのか？）

「あっ、でも見てください」

ミズカが何かに気付く。

（……ん？）

ウォーター・スライダーへの入口の脇に小さな扉があった。

［男性用入口　フェア・ウェイ］

（ご丁寧に男性用入口があるのか……なんだフェア・ウェイって……）

「本当にこんなところにドラド様はいるのだろうか……」

ロワは額に手を当て、悩ましげに言う。

「あれ……？　シゲサトくん、そっち行くの？」

「え……？」

とぼとぼとウォーター・スライダーへと足を運ぼうとしていたシゲサトはその声掛けに虚を突かれたような表情を見せる。


「ここは一つ、誰が速く滑れるか勝負といこうではないか……」

「わ、わかったわ！　でもお姉さん負けないよ！」

「ちょ、えっ？　勝負……⁉」

サラ、ミズカ、シゲサトは横並びのウォーター・スライダーのてっぺんに腰掛け、サラがフライング気味に滑降を始め、ミズカもすぐに反応する。シゲサトは少々、考え事をしていたのか反応が遅れてしまい、出遅れてしまう。サラの一言により、レースは突如、勃発したのである。

「滑ってきますね……」

「そ、そうですね……」

男性用入口のフェア・ウェイを抜け、すでにウォーター・スライダーの終着地点で待機していたロワとジサンは二人ともどちらかというと寡黙なタイプであり、特に会話が弾むこともなく、レースの様子をぼんやりと眺めていた。水着姿の二名、およびウェットスーツ姿の一名が巨大な直滑降の滑り台を猛スピードで降りてくる。

「わぁい！　私の勝ちぃ！」

「二人とも速いよ！」

滑り台レースはミズカが勝利したようであった。サラは僅差で敗れ、スタートの遅れが響いたのかシゲサトはやや遅れてゴールする。

「ふん……重量の差が出たか……」

サラは悔しかったのか負け惜しみを言う。

「ちょっ！　待って！　例の斜塔の実験知らないの⁉　重力による物体の落下速度は、その物体の質量の大きさに依存しないんだよ！　ＱＥＤ！」

　ミズカは意外とむきになって反論する。女性にとってその質量の多寡《たか》は重要事項のようだ。


「これは……ひょっとして温泉ですかね？」

「ひょっとしなくても温泉ですね」

　ミズカが確認し、シゲサトが答える。ウォーター・スライダーの先へ道なりに進むと、岩で囲まれ、湯気が立つ温泉らしき場所に辿り着く。

「だよね。この先は道が途絶えているし、ここがダンジョンの最奥かな……」

「そのように見えますが……でも何もいませんね……俺はドラドがいるかなと思ったのですが……」

「……」

　龍人のロワは神妙な面持ちをしている。彼は当初からそこはかとなく下心を感じさせるダンジョンに本当にドラドがいるのかと疑っていた。そのため、ある意味、安堵したような、それでいて、数少ない手掛かりが潰えて、安堵している場合ではないというような微妙な心境であった。

「って、あれは看板かな？」

　と、シゲサトが温泉の脇に設置してある看板を発見する。

「なになに……」

【賢才の湯】ここは伝説の龍が封印されし、霊湯である。伝説の龍は身体に占める布の表面積の割合が20%以下である〝美女〟三名以上が湯に浸かり、贄《にえ》を捧げることでその猛々しい姿を顕現すると言い伝えられている。なお、20%はあくまでも最低基準であり、それ以下である分には問題なく、むしろ推奨される」

（……随分、具体的な数値を提示する伝承だな……そして、最後の一文がどことなく気持ち悪いのは俺だけだろうか……）

女性の平均的な表面積は約一・四平方メートルである。

ここで、ビキニスタイルの水着のおおよその面積を算出する。

まずはボトムである。底辺《ウエスト》を三〇センチメートル、腰から恥骨までの高さを二〇センチメートルと見積り、前後二枚の三角形として近似する。

一方、トップスの布部分はやや大きめに半径一〇センチメートルの二つの円であると近似する。

また紐部分は十分小さく、ゼロであると仮定すると、

（0・3×0・2÷2×2）＋（0・1×0・1×π（3・14）×2）≒0・12平方メートルである。

これを百分率で表示した場合、0・12÷1・4×100≒9%

となり、邪龍出現条件の身体に占める布の表面積の割合が20%以下を十分満たせそうである。

「な、なんて邪悪なの……!?」

龍の出現条件を確認したミズカが焦燥の表情で呟く。

「え？　俺達の邪龍さんって何？　何言ってるの？　ミテイさん……！　ちゃんと聞こえてたよ！」

ミズカがまた何やら呟いている。

「ずっと疑っておりましたが、やはりここにはドラド様はいらっしゃらないようです」

「えっ？　ロワさん、どういうことでしょう？」

「あの明鏡止水の賢龍、ドラド様がこのような低俗な条件を提示するはずがありません」

「そうですよね……ちょ、ミテイさん、ドラド様はむっつりなんかじゃないよ！　多分……」

「……」

「あっ、いや、何でもないです」

真顔でミズカを見つめるロワを見て、ミズカが焦るように否定する。ミズカは一見、とても普通な女の子であったが、時折、一人で何かと話しているような素振りを見せており、不思議だなぁとジサンは思っていた。

「まぁ、ドラド様じゃないにしても、ここまで来たのだから試してはみたいよね……えーと……身体に占める布の表面積の割合が20%以下である美女三名……」

ミズカは改めて条件とメンバーを照らし合わせるように各人を目線で追い、思考を巡らせる。

美女かどうかは置いておいて少なくとも女である自身《ミズカ》は候補になるだろう。少し恥ずかしいが、ラッシュガードを脱げば、表面積の条件も満たせそうだ。サラは美女以外の何物でもなく、絶対に大丈夫……もう一人は……

明らかに布の表面積の割合が80%以上のシゲサトに目線を送る。

シゲサトは無言で俯いていた。

「……ロワさんもドラド様はいないって言うし、今回は止めておこうか」

ミズカはそう言う。ジサンも頷き、その意見に合意する。が……

「ちょっ……！　ちょっと待って！」

俯いていたシゲサトが声をあげ、皆がそちらを向く。

「……俺がやればもしかしたら条件を満たせるかも……」

シゲサトは少々、辛そうに言うのでジサンは心配になる。

「シゲサトくん……無理はしない方が……もしかしたらフレアとかでも代替できるかも……」

（精霊モンスターズのフレアなら特性：応援で俺がいないパーティに参加することができる。精霊に水着を強要するのはそれはそれで気が引けるが……）

「お気遣い……ありがとうございます、オーナー。ですが、俺、このドラゴンに会いたいんです！」

「……！」

「ドラゴンを前にして、こんなことで引き下がってはドラグーンの名が泣きます！」

シゲサトの目に力が入る。

「俺、やります……！　男なら一肌脱がなきゃ！」


「……美しい」

どこかへ去り、再び現れたシゲサトを一目見てそのように呟いたのは意外にもロワであった。

「……」

シゲサトはやはり恥ずかしいのか少し俯いている。

シゲサトは短パンタイプのボトムスを穿き、胸部には割と厳重に晒《さらし》を巻いていた。

（う……こうしてみるとやはり元は女性なのだな……）

シゲサトの身体のラインは男性にはない曲線美を描いていた。

（しかし自己を犠牲にしてまでのドラゴンに懸ける思い……果たして自分にそれができるだろうか
……？　シゲサトくん、何という漢なんだ……）

「シゲサトくん、君はかっこいいよ！　男の中の男だ」

ジサンは自然とそのような言葉をシゲサトに掛けていた。

「え……!?」

シゲサトは虚を突かれたように目を丸くする。

（あ……変なことを言ってしまっただろうか……）

「あ、ありがとうございます」

シゲサトは、はにかみ笑いを見せる。

ミズカ、シゲサト、そしてサラがパーティを編成する。サラは「マスター！　一時も離れたくありません！」などと抵抗を示したが、シゲサトの覚悟を無駄にしたくなかったジサンはサラに頼み込み、なんとか納得させた。

そして三名は意を決するように湯に浸かる。

「……………どうだろう……………何も起きないね……」

ミズカがそのように言う。

ミズカとシゲサトは自身が条件を満たしていないのでは？　と考える。サラはそもそも必死度が低いためか純粋に温泉が思いの外、気持ちよかったのかマイペースに目を細めていた。

「……っ」

シゲサトは原因が自身にあると考え、湯の中で、厳重に巻いた晒《さらし》の一部を緩める。

そのかいあってか、変化が起こる。

突如、温泉が泡立ち始め、次第にその勢いが増す。ミズカとシゲサトは慌てて、温泉から出る。

「「く、来る!!」」

ミズカとシゲサトがそう叫ぶと同時に、巨大な生物が湯の中から飛び出してくる。その生物は蛇のような長い胴体に手足が付いている。その姿はニホン風（大陸由来）の龍のそれに近く、可視性の漆黒のオーラを放っていた。

『我は邪龍ドラド……我に挑むかわゆ……ゴホン……勇敢なる者は汝らか……？』

「え……？　嘘……これがドラド様？」

ミズカは困惑と驚きの表情を見せる。

「こ、これは……確かに……ドラド様の龍のお姿だ……！」

ロワが黒龍を見上げ、驚きの表情を浮かべる。

「し、しかし、本来は神々しい聖なる光を放っていらっしゃった。なぜこのような邪悪な姿に……」

『ロワか……』

「ど、ドラド様……⁉　意識があるのですね⁉」

『いかにも……』

「なぜそのような姿に……何か……邪悪な力に操られて……」

『それも確かにあるかもしれん……どうも解放的な気分になっている……それは事実である。だが、本質は違うぞ……ロワ……』

「えっ……？」

『龍人誰もが……隠し事の一つや二つ、抱えているものなのだ……』

「……ど、どういう……？」

『わからぬか……それだからお前は未熟なのだ……つまるところ、これが我の本来の姿だ……！　我は時間さえあれば……女性の前から見えるお尻はなぜこれ程までに我の心を苦しめるのか……について考えていたのだ！　どうだ！　驚いたか!!』

「っっっ!!」

『あー、すっきりした。皆の前で賢龍ぶるのも結構、しんどかったのでなー』

「……っ」

ロワは言葉を失い、茫然とする。

「ロワさん……」

憧れの人が割とアレな人だった。その事実にショックを受けるロワを見て、いつの間にか短パンを着用したミズカは心配そうな顔をする。だが、それはミズカだけであった。サラはこれくらいのことではいちいち動じない。というか一人だけまだ湯に浸かっている。そして……

「喋るドラゴンだぁあああああ!!」

『え……？』

先ほどまでのローテンションはどこ吹く風。生贄《シゲサト》の予想外の煌めく瞳に邪《よこしま》ドラゴンさんは幾分、たじたじとする。


巨大な黒く逞しい龍が三名の前に大山《たいざん》のように屹立《きつりつ》する。

「さて……念のため確認ですが、シゲサトさんとサラちゃんはヒーラーではないですよね？」

ミズカが開幕一番、急造のパーティメンバーに確認する。

「俺はドラグーンなので違います」

「違う」

シゲサトとようやく湯船からノソノソと出てきたサラがそれぞれ答える。

「だよね……私も違う……ってことはちょっと慎重めにいかないとね……」

「とりあえず……魔法：オル・ガード」

ミズカがパーティ全体への防御強化魔法を使用する。パーティメンバーに上昇流のリング状のエフェクトが発生する。

「ありがとうございます！」「一応、感謝する」

シゲサト、サラがお礼を言う。

「とんでもない！　さて、それじゃ、頑張りましょう！」

「よーし！　行くぞ！　スキル：龍雷砲……!!」

シゲサトが初手から積極的に攻めていく。シゲサトの抱えるボウガンの銃口が蒼い光を放ち、強い発射音と共に稲妻のエフェクトを纏った弾丸が複数発、ドラドに向けて放たれる。

『グギャアア……！』

攻撃はしっかりと命中し、ドラドのＨＰが目に見えて、減少する。

「スキル：雪華一閃」

『っ!?』

シゲサトの攻撃の間にしっかりとドラドとの間合いを詰めたミズカも初手からスキルを宣言する。素早い動きで一瞬にして邪龍との間を詰めたミズカは駆け抜けるように一太刀を邪龍に浴びせる。一筋の斬撃エフェクトが発生した後、その切り口から美しい真っ白な花が一輪、咲く。直後、その花を中心に派手な氷結エフェクトが乱発生する。ドラドのＨＰが再び減少する。

（流石、速いな……）

最上位クラスのプレイヤーであると知っているとはいえ、ジサンはミズカの動きの速さに改めて驚く。しかし、魔女と公表されていたが、その戦闘スタイルは明らかに魔法職ではなく、近接職のそれであった。すでにクラスチェンジしたのだろうか？　とやや面食らう傍観者ジサンであった。

『グギャァアア！』

邪龍はカウンターで、黒い鱗を拡散するように撃ち返す。

「っっ！」

ミズカは素早く、そして最低限の動きでその多くの回避に成功するが、近くにいたこともあり、僅かに被弾してしまう。

「うわっ……！」

その僅かな被弾により、ミズカのＨＰは１／８ほど減少する。

「こんなにダメージ受けちゃうか……」

ミズカが呟くように言う。リアル・ファンタジーではプレイヤーには防御力は存在せず、装備品によりその数値が決まる。戦闘条件である水着により、普段、愛用している装備より遥かに防御力が劣る。ただし、水着のような見た目の防具でも防御力が極めて高い装備も存在するため、必ずしも現実の素材の硬度に即した数値設定がされているわけではない。

「慎重にいくってより、むしろ一気に決めた方がいいか……」

ミズカが呟く。

「ふん……一応、手を貸してやるか……」

ミズカの呟きを聞いていたかは不明であるが、そんなことを言いながら、サラは掌を邪龍に向ける。

サラの周囲に漂い始めた無数の黒い光弾が邪龍を目掛け、出発する。

『グギャァアアア!!』

光弾の着弾と同時に、邪龍は激しく悶絶し、苦悶の表情を浮かべる。

「サラちゃん、すごっ！」「めっちゃかっこいいんだが！」

「えっ!?　そ、そうか……？」

ミズカとシゲサトの素直な誉めにあい、意外にもサラは少し照れるような仕草を見せる。

「彼女らは一体……」

その戦いぶりを観戦していた龍人ロワは驚きを漏らす。

「あのような醜悪な姿になられているとはいえ、元は三守龍の一角、賢龍のドラド様……そのドラド様が一方的に……」

（……醜悪って……）

三名のそれぞれの初撃により邪龍のＨＰはあっという間に減少し、すでに残り半分になっていた。

『よくぞ我をここまで追い詰めた……』

ドラドは戦闘のクライマックスを匂わせる言葉を吐く。

「ふん、まだ始まったばかりではないか？」

『っ……！』

それに対し、サラは嘲るように返答する。確かにこれからクライマックスというにはややあっさりし過ぎであった。しかし、こういった台詞は戦闘の終盤に攻撃パターンが変わる合図でもある。

『貴女らは確かに強い……しかし、不運であったな……』

「な、何……？」

『ふふふ……スキル：龍の守り……じゃ！』

「「っ!?」」

その言葉と同時にドラドの周囲に亀の甲羅のようなエフェクトが発生する。聞くからに、そして見るからに守備的なスキルであった。

「ガードスキルか……厄介ではあるけど、もう半分は削れてる！　このまま押し切る！　スキル：速射砲!!」

シゲサトはドラドの言葉に怯むことなく積極的に攻撃を仕掛ける。素早く放たれた弾丸はドラドに向かって、飛翔する。

「っ!?」

しかし、全弾がドラドの周囲に現れた防護フィールドにより掻き消される。

「うっそー！　ダメージゼロ!?」

「ならっ、近接攻撃ならどうかな……！」

ミズカがその言葉の通り、ドラドに斬りかかる。しかし、結果は同じであった。

『ふっふっふっ……残念であったな……我には魔力なき攻撃は通用しない』

「えっ……!?」

シゲサトが焦りの表情を浮かべる。

「もしや……あのスキル……通常攻撃とスキルダメージ無効か？」

サラが呟くように言う。

「えっ、そんなのありなの!?」

「あっ、確かに前にもそういうことありました。あれは忘れもしない第一魔王のロデラ戦でした！」

シゲサトの驚きに対し、ミズカが過去の経験を述べる。

「もしかして、結構まずい……？」

リアル・ファンタジーには、攻撃技として、スキルと魔法が存在する。ドラドの〝龍の守り〟はそのうちのスキルを無効化する物である可能性が高いということであった。

自身《シゲサト》のドラグーンは魔法による攻撃技を有さない。サラはよくわからないがこれまで魔法を使っているところを見たことがなかった。ミズカはかつては魔女であったというが、今はどう見ても近接職。近接職は勇者や聖騎士に代表されるように魔法ではなく、強力なスキルを主体に戦う職業であるのが通常である。

つまり、このパーティも誰もドラドに攻撃を加えられないのではないか？　シゲサトは焦りを浮かべる。

『じっくりと楽しもうではないか……』

「っ……！」

その現状を読んだのか、ドラドは笑みを浮かべ、ねっとりとした口調でそのように言う。

そんな彼の周囲に光のエフェクトが発生し、クルクルと回転を始める。

『ん……？　何じゃこれ？』

「魔法……マギ・グレア」

『ギャアァァアアア!!』

結果として、ドラドの余裕、優越感は一瞬にして終了する。

光は中心であるドラドに吸収されるように猛スピードで、次々に着弾し、白い爆発を発生させる。

「え……!?　ミ、ミズカさん……!?」

「ふっふっふっ……残念だったね！」

ミズカが若干の得意顔で、ドラドの先刻の余裕めいた口調を真似するように言う。

「ミズカさん、近接職じゃないの!?」

シゲサトが驚くように言う。

「え、えーと、じ、実は……両方、使えまして……」

「りょ、両方……!?　つまり〝両刀〟ってことですか……!?」

「はい……」

両刀とは、このゲームにおいて、スキルと魔法の両方を使いこなす職業である。有名であるのが勇者の前職とするプレイヤーが多い魔法剣士である。実際にスキルが効きやすい敵、魔法が効きやすい敵が存在するため、両刀職が有利に働くシーンがあり、多少の需要はある。しかし、結局のところスキルか魔法に特化した職業に見劣りすることが多く、上級者になるほど使用率は低下する傾向にある。要するに両刀職は器用貧乏になりがちであるということだ。

（しかし……今の威力……）

ミズカが使用した魔法はどう見ても器用貧乏の破壊力ではなく、上級職のそれであった。シゲサトは眉をひそめて確認する。

「失礼ですが、ミズカさんのクラスって何なんですか……？　魔法剣士にしては……」

強すぎた。

「え、えーと……僭越ながら〝魔勇者〟と言います……」

「魔勇者……？　聞いたことない……」

それもそのはずであった。クラス：魔勇者はアングラ・ナイトと同様に、最初に条件を満たした者にのみ権利を与えられるユニーク・クラスであった。

『ま、魔法も使えたか……ならば、お前を捕らえてくれよう……！』

「っ!?」

ドラドの体から触手のようなものが飛び出て、高速でミズカの方に迫る。タイミング的には回避は間に合わないかに思われた。が、次の瞬間には、ミズカはその場所にいなかった。

『ど、どういう……!?』

ドラドの目からは物凄い速度でミズカが移動したように見えただろう。プレイヤーの目からは異なる現象が起きていた。触手がミズカを捕らえるかという瞬間、ドラドの動きが急激に減速する。

いや、ドラドだけではなかった。その場にいたプレイヤー以外の速度が緩慢になる。それはまるで時がゆっくりと流れるかのように。

「魔法……マギ・スロウ」

それがその事象を発生させていた魔法であった。

「う、嘘でしょ……じ、時空系魔法!?」

シゲサトは更に驚く。それは特定の対象の速度を遅くする弱体化の魔法でもなく、明らかに空間そのものを減速させる効果であり、シゲサトもその恩恵を受けたのであろう。

「は、はい……」

「高度に両刀を使いこなし、時空系魔法まで使えるって……」

(これもう半分、チートだろ……)

ジサンはそのように思うのであった。

「で、でも……どうしよう……通常攻撃もスキルも使えないんじゃ、俺の攻撃が入らない……肝心のテイムができない……」

「うーん……龍の守り……通常攻撃、スキルが無効って、明らかに効果が強力だし、ランク魔王ってわけでもないし、しばらくしたら効果が切れるんじゃないかな……とミテイさんが言っております」

『っ……！』

ミズカの予想の通り、なんともタイムリーなタイミングでドラドから防護エフェクトが消滅する。

（だからミテイさんって誰だよ……）

「ビンゴ！」

ミズカは嬉しそうにそう言う。

「ドラド様がまるで子供のようだ……」

ロワは自身の憧れたドラドの苦戦する様に驚きを隠せなかった。

『おのれぇぇえ!!』

後輩から子供のようと評されたドラドは最後の足掻きを見せ、凄まじい量の邪手がまるで防護壁のように発生する。

「ミズカさんにほとんど持っていかれちゃったから、最後くらい頑張ります！」

「はい！　シゲサトさん、お願いします！」

「了解です！　いけぇえええ！　スキル：撃滅貫通砲!!」

シゲサトの砲台からはレーザーのように残像を残す弾丸が放たれる。その反動はシゲサト自身を数メートル後退させる程である。激しく揺らめくレーザーの閃光は邪手の防壁をまるで豆腐のように容易く貫通し、ドラドの雄々しい胴体へと到達する。

『グギャアアァィグゥウウゥ……――』

ドラドは激しく咆哮し、次第に果てるように静かになる。そして、シゲサトのメニューに歓喜のポップアップが発生する。

【ドラドが仲間になりたそうだ。テイムしますか？】

「やりました！　皆さん、ありがとうございます！」

シゲサト見事、ドラドのテイムに成功する。

「ピクク様は女性でありながら、勇龍の役割を担っており、鉄の女龍と呼ばれ、そのあり様はまさに清廉潔白。そしてとにかくお強い」

邪龍ドラドをテイムした一行は、魔龍ピククのポイントへ向かう。その道すがら、ロワはピククについて熱弁する。

「本当にそうかぁ？」

「……」

ロワは先ほどまで崇め奉っていたドラドの横やりを無視する。

シゲサトはせっかくなのでということで、早速、ドラドを使役していた。シゲサトの特性によりサイズダウンしており、ドラドはニョロニョロとウナギのように宙を漂っている。

「何じゃ、ロワ！　へそを曲げおって、それだから主は一皮剥けぬ青二才なのだ」

「貴方の言葉は聞きません」

「まぁまぁ……」

シゲサトは苦笑いしつつ、二人の間をとりもつ。

「もうすぐ着きますよー」

ミズカはその状況をあまり気にしていないのか、のんびりトーンで目的地への到着を告げる。

そこにはドラドの時と同様に、森の中としては異質な建造物があった。見た目は和風の温泉宿のような佇まいをしていた。そして、建造物の入口付近には、またしても看板が設置されていた。

「本ダンジョンにおいては男性は水着着用でないと入場できません。本ダンジョンのボスは必ずテイムできる」

「ど、どういう……」

ロワは驚きというより、失意に近い表情をしていた。

「ロワ、お前は何もわかっとらんのぉ」


「で、何で主も水着になっておるんだ？」

サラは先ほどに引き続き、ウェットスーツ姿となり、そわそわしていたシゲサトに声を掛ける。

「べ、別にいいだろ！　せめて心だけは男でいさせてくれよー！」

シゲサトはそのように主張する。

「そんなものか……って、ん？　ってことは、主……我の身体を見て、興奮したりするのか？」

「えっ……うん、まぁ、多少はね……」

「えぇ……」

サラは白い目をシゲサトに向ける。

「で、でも、自己評価ではあるけど、多分、他の人よりはそういうのは鈍感なのかなと思うよ！　あ、あと、自分の身体では興奮しないからねっ！」

「別にそこまでは聞いていないのだが……」

「っ……！」

シゲサトは微妙に頬を染めている。

それにしてもサラはシゲサトとはよく話をするなぁなどとジサンは思っていた。生意気な小娘に弄られても気を悪くする素振りを見せないシゲサトが優しいのかな、などと彼なりに考察する。

「って、あれ……？　入れない！」

ダンジョンに入場しようとした際、想定外に入口境界線ではじき返され、ミズカが尻餅をつく。

（え……その見た目で男……でも前職の魔女は女性しかなれないはずだ……いや、それ以前に、さっきのダンジョンでドラドの出現条件を満たしたことから正真正銘の女性のはずだ……）

「な、なんででしょうね？　バグでしょうか……」

シゲサトが心配そうに反応する。

「ん～……心当たりがなくもないので……少しだけ待っててください」

そう言うと、ミズカは自動販売機でおもむろに男性用の水着を購入し、ダンジョン近くの木の陰に消えていく。

「ぐが……！　な、何!?　わ、私もか……!?」

もう一人の人物も、いや、龍人物もさも当然のように水着に着替えずに入場しようとし、入口付近ではじき返され、やはり尻餅をつく。どうやらロワも水着になるべき対象であったようだ。

その後、ロワは水着となり、無事に二人とも入場に成功する。木陰から戻ってきたミズカは特段、何も変わっておらず水着ではなく、騎士風の装備のままであったのだが、二度目はなぜか普通に入場することができた。

なお、男性陣の水着姿については割愛する。


和風スパのような内装のダンジョンはドラドのいたダンジョン同様に一本道となっており、一行は、ダンジョンの突き当たりにて、既視感のある温泉に到達し、既視感のある看板を発見する。

「嫌な予感がするんだけど……」

ミズカがそのように呟く。ロワはすでに絶望の表情を浮かべている。

【勇栄の湯】ここは伝説の龍が封印されし、霊湯である。伝説の龍は身体に占める布の表面積の割合が20％以下である〝男性〟三名以上が湯に浸かり贄《にえ》を捧げることでその美しくも勇猛な姿を顕現すると言い伝えられている。なお、20％はあくまでも最低基準であり、スパッツタイプではなくブーメランタイプがむしろ推奨される」

「ほらなっ！　ピククも似たようなもんじゃろ‼」

「〝美男〟指定じゃないだけ、貴方よりマシです」

「ぐ、ぐぬ……」

勝ち誇るドラドに対し、ロワが一矢報いる。

（……その点は助かった……しかし……）

「こ、この条件は……」

看板の条件を改めて確認し、皆、言葉を失う。

「男性三名以上って……」

それもそのはずだ。現在、この場にいるプレイヤーの中で、議論不要の男性はジサン一人であったからだ。

「ここまで来て、ギブアップかの？」

サラがそのように言う。

「い、いや……ちょっと待って！」

ミズカがそれを制止する。

「私、男性になります」

「え……？」

皆が彼女を頭がおかしくなったのか？　というように注目する。

「ま、まぁ、そうなりますよね……こ、ここは論より証拠です………」

ミズカは目を瞑り、覚悟を決めるように一呼吸置くと、聞きなじみのない魔法名を宣言する。

「魔法……チェンジ！」

「「「!?」」」

その魔法を宣言した瞬間、ミズカは発生した謎の暗黒空間に吸い込まれるように消えていく。代わりにその暗黒空間から頭を掻きながら一人の人物が出現する。

その人物は男性用の水着。鍛えられた引き締まった身体。やや中性的で端整な顔立ちをしていた。

「み、ミズカさんが男に変身した……？」

シゲサトがわかりやすく驚きを言葉にする。サラも不思議そうな顔をしている。

「どうも初めまして、〝ミテイ〟と申します」

「…………あ、どうも、初めまして……」「初めまして……」

シゲサト、ジサンは戸惑いつつも、反射的に挨拶だけはする。

（……ミテイ……確か、ツキハさん達がその名前を時々、口にしていたよな……）

「あ、えーと、説明します。実は……ミズカと俺は〝とあるバグ〟により、共存関係になっているんです」

「な、なんと……」

（何だそのバグ……俺のバグよりやばいな……）

ジサンは自身に存在するという死亡フラグ破損より、遥かに複雑なバグを抱えている人物が目の前にいることに驚く。

人類初の魔王討伐戦、第四魔王：アンディマとの戦いで月丸隊の一員として参加し、不運にも死亡《ゲームオーバー》したミティは、人類初のコンティニューを適用された。しかし、初回の不具合により、ミティはミズカの中に魂だけ、ぶち込まれてしまったのである。その後、紆余曲折あり、肉体は取り戻し、今は入れ替わることが可能になったのであった。

「……そうだったのですね」

ジサンはひとまず納得を示す。

「想像以上にご理解が早くて逆に驚きです」

「そ、そうですかね」

このゲームは無茶苦茶なことが平然とある。ジサンは既にそのことに慣れつつあった。

「すごい！　これで男性が一人増えました！　で、でも……これじゃあまだ……一人足りな……」

シゲサトは唇を噛み締めるようにしながら、そう言いかける。

「えっ、いるじゃないですか……」

そう言ったのはジサンであった。言った本人も少し驚いていた。

「あっ！　た、確かにロワさんが……」

だが、ドラドのため……いや、本当はきっと皆のために一肌脱いだあの漢が、漢じゃないなら何なんだ……そう思えた。

「いや、シゲサトくんですよ」

「えっ……！」

「上手くいかなかったら、申し訳ない……でも、試してみる価値はあるかと……ロワさんはその後でもいいかなと……」

「お、オーナー……」

「面白いですね！　ミズカの中から見てたので、概ね事情はわかります。勝算はなくはないですよ」

ジサン、シゲサトのやり取りを見ていたミテイがそのように言う。

「えっ……？」

「皆さん、ＡＩ《あいつら》の大好きな二つのアドバイス知ってますよね？」

それはＡＩがゲーム開始時にプレイヤーに提供した二つのゲーム攻略に関するアドバイスである。

ご丁寧にいつでもメニューから確認可能だ。

「一つ目はこのゲームは〝フェア〟であること。そしてもう一つは……」

ある意味、一つ目のアドバイスと矛盾するこの言葉。

「「〝先入観を抱くな〟」」

三名は意を決して湯に浸かる。

あんなこと言ってしまったが、うまくいかなかったら逆にシゲサトを傷つけてしまうかもしれない。

ジサンはその時になって、そのことを考慮せずに衝動で動いてしまった自分を少し責める。

だけど、それ以上にあの時のシゲサトくんは格好良かった……！　その感情に偽りはない。

『そういうの嫌いじゃないわ……特別に合格とする』

「「「っ……!?」」」

妖艶を思わせるねっとりとしたトーンの女性の声が響き渡る。そして、巨大な生物が湯の中から飛び出してくる。その生物はドラド同様に蛇のような長い胴体、可視性の黒紫のオーラを放っていた。

ドラドと異なり手足はないが、ステンドグラスのような美しい鱗がところどころに散りばめられ、その姿からは美しさが感じられた。

『我は魔龍ピクク……我に挑みし、益荒男《ますらお》は汝らか……』

水着姿の男達を前に龍は囁くようにそう告げる。

「ピクク様……！　鉄の女龍と呼ばれた貴女がなぜそのようなお姿に……！」

『ロワ……いたのね……』

「っ……」

『ロワ……隠していてごめんなさい……でもね……龍人、誰しも一つや二つ、裏の顔を抱えている物よ……本当はいつも……貴方のその屈強な上腕二頭筋を食べてしまいたいと思っていたのよ！』

「っっ⁉」

ロワは言葉を失う。

「そんなもんだよ、ロワさんよ。強い奴ってのは癖が強いんだよ」

ミテイがロワにそんなことを言って慰める。

（……確かにそんな気がする）

「さぁ、シゲサトくん、頑張りま……っ⁉」

ジサンがシゲサトに声を掛けようとして驚いてしまう。なぜなら、シゲサトの頬には一粒の雫が零れていた。

「あっ……なんだろこれ……恥ずかしい……」

「……」

「……たかがゲームのイベントかもだけど……認めてもらえたのが……」

（……）

「当たり前ですよ……シゲサトくんは人間《ひと》として、格好いいですから……」

「っ⁉　お、オーナー……ありがとうございます……」

「お二人さん、好きだ……！」

「「えっ……⁉」」

ジサンとシゲサトは、急な告白の方向に首を向けると、ミテイが目元を前腕部で拭っていた。そして胸に手を当てるような仕草で続ける。

「なんか久しぶりにやる気出てきた。ここは一つ、ピククは俺にお任せください」

「「えっ……？」」

「特にジサンさん……貴方には恩もあるので……」

（……？　何かしたっけ……）

ミテイはジサンらの答えを待つこともなく、一人、ピククに突進していく。

『あら……いい男……』

「そりゃどうも……！」

ミテイは剣でもって、ピククに攻撃を加えていく。見たところ通常攻撃である。ピククのＨＰが着実に減少する。ただし、スキルでガンガン攻めていくタイプのミズカほどの派手さはない。ピククも黒紫のオーラを触手のように伸ばし、ミテイに対し、攻撃を加える。その攻防がしばらく続く。

（……弱体化《デバフ》くらいした方がいいのだろうか……しかし、任せてくれと言っていたし、それも野暮だろうか……）

ジサンはそのように考え、しばらく戦況を見つめることにする。

「すごい……」

隣りで同じように戦況を見つめていたシゲサトがそんな風に零す。

「そうですね……」

ピククのＨＰは少しずつではあるが、着実に減少していく。一方、ミテイのＨＰは全く減っていなかった。

『っっっ……』

ピククからは焦りの表情が見て取れる。

『何が……何がどうなっているの……？』

何もトリックなどない。ミテイが全ての攻撃を〝プレイングで〟回避しているだけであった。

『だ、だが……このままでは終わらぬぞ……』

「何か来るか……」

ミテイは警戒するようにバックステップで距離を空ける。

『無駄だわ……！　なぜなら〝これ〟は回避不能……！』

そう予告するピククの両眼が怪しく輝く。

「っ……！」

『スキル：インパクト・アイ』

「くっ……」

打撃エフェクトがミテイを襲撃する。

本戦闘において、初めてミテイのＨＰゲージが減少する。装備が水着であることもあり、一撃はそれなりに大きく、半分程度のダメージを受ける。

『どんどん行くわよ……スキル：ドレイン・アイ』

「っ……！」

今度はミテイのＭＰゲージが激しく減少する。

『〝魔眼〟の力はどうかしら？　貴方がどんなに避けるのが上手でも、このスキルは私が視認すれば必ず命中させせることができる』

「なるほどな……確かに効いた」

「ミテイさん……！　大丈夫ですか……？　そろそろ加勢しま……っ！」

シゲサトが心配そうに声を掛けようとするが、ミテイがそれを手で制止する。そして、アイテムの使用を宣言する。

「魔具：薬草」

（や、薬草……!?）

ミテイは薬草の使用により、ＨＰが僅かに回復する。だが、ジサンもシゲサトもその出来事についで驚いていた。リアル・ファンタジーの仕様上、戦闘中に薬草を使用するようなシーンはほとんど見られないからである。リアル・ファンタジーは戦闘に持ち込めるアイテムにおいては非常に渋い設計となっており、その貴重な枠を薬草などの僅少回復の道具に使用するなど有り得ない行為であった。

『ふふふ……かわいいわね』

ピククは幼子のいたずらを見守るような目線をミテイに向ける。

「そうだろ……？　なら、もっと使ってやるよ……魔具：薬草、魔具：薬草、薬草……」

『え……？　何……？』

「薬草薬草薬草薬草薬草薬草薬草薬草薬草薬草薬草薬草薬草薬草薬草薬草」

（……!?）

『な、な、な、なんて……』

「あ、こんな使わなくてよかったか……えーと、ＭＰはまぁいいか……そもそも俺はＭＰを消費するスキルも魔法も持ってないからな……」

相手を煽るようにそう言うミテイのＨＰは戦闘開始時と同じものとなっていた。

「俺は１ターンキルでないと倒せない」

「ど、どうなってんのこれ……！」

シゲサトが興奮気味に言う。

（……全くわからん）

「えーと、少しだけ説明すると、俺はとある特性により、アイテムの持込が無制限です」

「「っ……!?」」

ミテイがもたらした唯一の個人情報であったが、それでもジサンとシゲサトは十分に驚く。それはリアル・ファンタジーのプレイヤーであれば規格外であることがすぐにわかる。

ミテイのクラスは〝トライアル〟であった。トライアルとは全プレイヤーが最初に与えられるクラスである。ちなみに、ジサンは初日にしてトライアルから剣士のクラスに変えてしまった。

しかし、ミテイは今日に至るまで、一度もクラスチェンジをしなかったのであった。クラスチェンジは無暗にしない方が良いというのが、掲示板開始以降の通説であったが、その極致がミテイであった。雑魚クラスであるトライアルはスキル、魔法等はほとんど使えないが、ある点を超えると、興味深い特性を覚える。それが〝試供品コレクター〟と〝モノは試し〟の二つである。試供品コレクターにより、戦闘への道具持込が無制限になり、モノは試しにより、アイテムの使用後に再びアイテムを使用できるまでの間隔が短くなるのである。それを応用したのが、彼お得意の多重薬草である。

初期クラスのトライアルであり続けた。

ジサン同様、ある意味、狂気と言える行動がこのゲームにおける〝強さ〟を生み出していた。

「んで、ピクク様、大変申し上げにくいのですが、大方、詰みです」

『えっ……』

ミテイは手に持っていた地味な銀の剣から、紫の派手めな斧へと武器を変更する。

『何を……』

「この武器に付与された効果は〝視覚スキル無効〟」

『っ……!?』

(……なんとマニアックな武器を……)

「この意味、わかりますよね？　要するにも貴女の切り札らしき、魔眼はもう効きません」

『な、なんてこと……』

視覚スキル無効……その効果が付与された武器は、通常は外れ武器扱いされている。あまりに限定的な場面に特化した性能であるからだ。リアル・ファンタジーは事前に敵の情報を収集できるケースとそうでないケースがある。強いボス戦やイベント戦では、情報収集が困難であり、大抵の場合、対策は難しく、どんな敵にも対応できる応用力が要求される。そのため、こういった特化性能の武器は武器屋で叩き売りされているものも珍しくない。だが、アイテムの持込無制限のミテイはそういった武器も大量に仕込んでいるのであった。

（ミズカさんの時、半分チートだと思ったが……これもう完全にチートだろ……）

ジサンはそのように思うのであった。

「それでは、続きをしましょうか。魔眼以外に何かあれば、まだわからないけど……」

『っっっ……！』

◉

シゲサトのメニューにポップアップが発生する。

ミテイはとどめはしっかりとシゲサトに譲ってくれたのだ。

［ピククが仲間になりたそうだ。テイムしますか？］

◉

ジサンらがドラド、ピククを撃破したその夜――

「しかし、まさか我らの誇る二守龍、ドラドとピククをいとも容易く……」

龍人族の長老が驚きと共に口を開く。

二匹のボスのテイムに成功した一行は集落へと戻っていた。龍人族は明日に迫る災厄への備えに奔走する中でも恩人への忠義として、簡単な会食を開いてくれていた。

「ほとんどミズカさんとミテイさんのおかげですけどね！」

「いえいえ、今回はたまたま活躍しやすい場が整っていただけです」

ミズカはそのように謙遜する。ミテイは普段はミズカの中にいるらしく、その表情を見て取ることはできない。

「いやはやお恥ずかしい……」

「本当にお強く……驚きました……」

そして、当事者である二名の龍人はそのように言う。会食の席には、賢龍ドラドと勇龍ピククも同席していたのである。その姿は龍ではなく、龍人の姿であった。


少しだけ時を遡る。ピククとの戦闘が終わり、集落へと向かう道すがら――

「とりあえず勢いでテイムしちゃったけど、いいんだっけ……」

シゲサトは戦闘後、そのように言うのであった。

「……」

ロワは困ったように沈黙した後、口を開く。

「あのような姿になられていたとはいえ、ドラド様、ピクク様の二名は三守龍という龍人族の最大戦力であり、明日に起こると予言されている災厄において龍人族を守るために必要なのです」

「……ですよね！　なら！」

「……？」


そうして、シゲサトはドラドとピククに対し、あっさりと〝逃がす〟を選択してしまったのである。

それはちょうどジサンがサラを逃がした時のように。

ドラドとピククは人の姿となっても何となく龍の姿であった名残があり、ドラドは端正な顔立ちをしており、ピククは妖艶で美しい雰囲気であった。

「龍人の誇りは失われました……」

しかし、和やかなムードの会食の中にあって、一人、落胆している者がいた。

「ろ、ロワ……あれは何かに操られていてな……決して……その……あの……前から見えるお尻のことなんて……本当にごく稀にしか考えていないんだ……」

「そうよ……私も貴方の上腕二頭筋のことなんて、ちょっとしか食べたくないわ……」

「何を言っても、もう遅いですよ……」

「「ぐぬ……」」

逃がされたことで、恐らく元に戻ったのであろう二名は取り繕おうとするが、もはやロワは取り付く島もない。この出来事は失われた信頼を取り戻すことの難しさをジサンに教えてくれた。

「では、皆様は最後まで食事をお楽しみください。大変失礼ながら我々はこれにて中座させていただきます……」

長老は申し訳なさそうに、そのように申し出る。

「そうですよね、災厄の襲来は明日ですもんね……わざわざありがとうございました」

シゲサトがそのように謝意を示す。

「ところで災厄って何が起こるのでしょうか……」

ジサンも気になっていたことをミズカが聞いてくれる。

「おっ、ご存知ありませんでしたか。それは失礼しました。災厄とは即ち、強力なモンスターの襲来を指します」

「あ、そうなんですね」

(思ったより具体的だな……)

「過去にも何度か発生しており、直近ではかの極悪なミスリル・デーモンが襲来し、残念ながら小さくはない被害を出しています……」

(ミスリル・デーモン……？　カスカベ外郭地下ダンジョンでテイムして、ナイーヴと限突配合してしまったな……ランクはQ……確かに強力なモンスターだ)

「例のループにより、今は、この付近からは逃れられないかと思いますが、明日はなるべく集落からお離れになっていってください」

「……」

旅の者を気遣うようなロワの言葉に皆は〝はい〟とも〝いいえ〟とも言わない。

「……!!」

と、急に会食の部屋の扉が勢いよく開く。

「何事じゃっ!?」

龍人達は怒りの表情で扉の方を見る。

「ひっ!?」

「…………なんだ……グピィか……」

そこにいたのは昼間、ジサンらも少し会話した龍人族の子供であった。

「何をしに来た？　ここは遊びの場ではない。そもそも主らはそろそろ避難する時間ではないか？」

「えー!?　確かにそうだけど、皆、つんけんしてて、つまんないしー！　ロワ、遊んでよー！」

「お前なぁ……」

ロワは呆れるような表情で額に手を当てる。

「まぁまぁ、子供にはまだわからないですよね……」

シゲサトがグピィを庇うようにそう言う。

「あー、そうやって子供扱いするー！」

逆にグピィはへそを曲げてしまう。

「グピィ、お前は災厄が怖くないのだろ？」

ロワが尋ねる。

「怖くなんかないやい！」

「ほらな、子供だ」

「えっ⁉　何で⁉」

「子供は怖いものを正しく認識できない」

「違うやい！」

「ほほう、なら、どう違うのか、言ってごらん？」

「ロワが守ってくれるから！　最強のロワが！　だから怖くない！」

「っ……！」

ロワは豆鉄砲をくらったような顔をする。

「こ、こら……！　三守龍の前だぞ……！」

「でも、しょうがないじゃん、本当の話だし！」

「～～……」

ロワは困ったように、眉を八の字にする。

「それに、もしもの時は伝説のドラゴンが助けてくれるでしょ！」

「あのなぁ、それは絵本の話だろ……？　やっぱり子供だ……」

「ロワだって、あの話、好きだって言ってたじゃないかー!!」

「それはそうだが……それは子供の時の話で……」

「ロワ……」

「はい……」

長老がロワに目配せし、ロワはそれを見て、グピィの脇腹を抱えるようにして退席していく。

「あぁあああ！　俺にもうまいもん食わせろおおぉぉ……」

グピィの声は次第に聞こえなくなる。

「さて……お騒がせしましたが、最後に、寝室を手配させていただきます」

「あ、なんかすみません……」

「いえいえ……えーっと、一人、一部屋でよいじゃろうか？」

「私とマスターは同室で大丈夫です！」

サラがジサンの腕にくっつくようにしながら、すかさず答える。

「え!?」

シゲサトが驚くようにジサンとサラを見る。

（……）

その目はやや疑いの成分を含んだ眼差しであり、シゲサトの目が糸のようにいくらか細くなっている。ジサンはそれに気づき、若干の罪悪感のようなものを覚える。

「あ、あの一人べ……」

「俺も同室でお願いします！」

（え……？）

「え？　皆一緒!?　それじゃあ私もー」

（えぇ!?）

ジサンが全員一人部屋にしようと提案しかけたがその反対の事象で上書きされる。


「なぜ主らも同じ部屋なのだ！　我とマスターの二人きりの時間を邪魔しおって……！」

「え？　もしかしてサラちゃんとオーナーっていつも同室なの？」

「は？　当たり前だろうに」

「え？　ううんー……うん」

シゲサトはさも当然のように、サラが回答したため自分が少し変なことを考えていたのだろうかと思い始める。

「まぁさ、別にいいじゃん！　修学旅行みたいで楽しいじゃん？」

「修学旅行……？　くだらん……」

「え？　サラちゃんって冷めてるタイプ？」

「え……？　うーん……」

サラは一瞬だけ微妙な表情を見せる。冷めていたつもりはないが、そのイベントには、あまりいい思い出はないなぁと思うジサンであった。

「ってか、サラちゃんって何歳くらいなの？　流石に俺よりは年下だとは思うけど……」

「あっ？　もうすぐ二歳だが？」

「いやいや、そういうのはいいから！」

「そういうのってなんだ!?」

（……本当なんだよなぁ……）

二人が賑やかに話しているのを少々騒がしいなと感じつつも微笑ましく思う程度には心の余裕が出てきたジサンであったが、それを放置し部屋にあったソファに腰かける。

「あの……ジサンさん、ちょっとお話いいですか？」

（……！）

腰かけたジサンに話しかけてきたのはミズカであった。

「あ、えーと……はい……」

「ありがとうございます！　実はお話ししたいことがあって、お時間いただきたかったんです」

「はい……」

（……何だろう……）

「では、すみませんが、一度、ミテイの方に変わります」

「りょ、了解です」

（……ミテイさんか……ちょっと緊張する）

ミズカの〝チェンジ〟の掛け声と共に、ミズカが消えて、ミテイが現れる。

「すみません、お時間頂きまして……一点だけ、どうしてもお伝えしたいことがありまして……」

「はい……」

「ウエノでの出来事の件、月丸隊のチユから伺いました」

「……！」

「ツキハの件……本当にありがとうございました」

「え……？　あ、はい……」

ツキハがウエノにて、リリース・リバティに襲撃された時に、助けた件であった。

「あ、すみません、何で俺がツキハのことをってところがピンと来ないかもしれませんが、実を言うと、俺は元々、月丸隊のメンバーだったんです。色々な事情があり……っていうかこの共存バグがわかりやすい原因ではありますが、今は水猫の方にいます」

「そうだったんですね。えーと……ご丁寧にどうもです」

「いえ、もっと早くにこうして直接、お伝えすべきでした」

「いえいえ……そう言えば、ユウタさんにも同じようにお礼を言われました……」

ジサンは月丸隊とウォーター・キャットの両方に名を連ねているユウタについて、話題に上げる。

そして、改めてツキハは本当にパーティメンバーから大切にされているのだなと思うのであった。

「お、ユウタもそんなことを……」

「えぇ……ユウタさんも凄ぃ方ですよね……」

「まぁ、そうですね……ユウタか……最近はあまり会ってないな、元気にしてんのかねぇ」

「えっ?」

「え……?」

ジサンは驚き、驚いたジサンに対し、ミテイも少し戸惑う。

「い、いや、最近は会っていないというのが少し不思議だなと……ウォーター・キャットにもいらっしゃいますし……」

「えっ? あー、そっちのユウタですか……って、あいつがツキハについてお礼……そんなことするだろうか……?」

(え……? そっちのユウタ……? ………………!)

そこでジサンの脳に無駄に電流が走る。

(ひょ、ひょっとして………月丸隊のユウタさんとウォーター・キャットのユウタさんは別人!?)

こうしてジサンはようやく掲示板の書込《嘘》みを嘘と見抜くことに成功したのであった。


「マスタぁ……そのお肉はサラのお肉ですぅ! ……むにゃむにゃ」

(……)

一度はベッドに潜ったがすぐに眠ることができず、体を起こしていたジサンは、また変な夢見てるなぁと気持ちよさそうに眠る大魔王様を見つめていた。

「ふふ……こうしてると可愛いですね」

（お……？）

サラを挟んで反対側で眠っていると思っていたシゲサトも体を起こす。

「起こしちゃいましたか？」

ジサンは尋ねる。

「いえいえ、何だかアドレナリンが出ちゃってるのか、あんまり眠くないんですよ」

「そうですか」

ジサンも同意する。そして、一瞬の沈黙の後、シゲサトが切り出す。

「……………そういえば、ちょっと聞きたいことがあるのですが、いいですか？」

「はい……」

「オーナーってクラスは何なんですか？」

「あ、言ってませんでしたっけ？　えーと……」

「あ！　当ててもいいですか？」

シゲサトは眉をキッと逆八の字にしながら言う。

「え？　……まぁ、どうぞ」

「ずばり……アングラ・ナイト！　ですか？」

「……！」

言い当てられたジサンは、さてどうしたものか……と考える。恐らくユニーク・クラスのアングラ・ナイト。そうだと言えば、匿名で魔王を討伐した意味は薄れてしまう。だが……

「正解です」

「わー、やっぱりそうだったんですね！」

シゲサトは目を丸くする。ついでに口も物理的に丸くする。

「つまり月丸隊さんと共に魔王カンテン、魔王エスタを討伐したってことですよね？」

「……あまり他の人には言わないでくださいね」

「勿論です！　そこは信じてほしいです」

シゲサトは慌てたように言う。

「信じますよ」

「……！　へへ……ありがとうございます」

ジサンはシゲサトを信用していた。シゲサトから滲み出る素直で実直な性格はジサンにも十分伝わっていた。ジサンの〝信じます〟という短い言葉に、シゲサトは一瞬、豆鉄砲をくらったような表情を見せるが、すぐに照れくさそうなニヤケ顔を見せる。

「でも、おかげでいろいろと合点がいきました。月丸隊さんと交流があったり、牧場１００Ｆのオーナーであったり……」

「……！　い、いえいえ、私なんてそんなに誉められる程ではありませんよ。魔王討伐も月丸隊さんを手伝っただけですし」

魔王：エデンの〝ソロ討伐〟という唯一無二の実績を持つシゲサトに誉められてジサンは嬉しくないかと言われれば嘘になるが、ニホン人らしく謙遜する。

「そんなに謙遜しないでください、謙遜のし過ぎは逆に嫌味ですよ！」

「はは……そうかもですね」

「ところでアングラ・ナイトって全然、聞いたことないですが、どういうルートでなれて、どういう性能なのでしょう……？　あっ、その差し支えなければでいいのですが……！」

「えっ……？　あー、そうですね。自分自身あんまりよくわかってはいないのですよ……」

「え、そうなんですか？」

「はい……特別なことは何もしておらず、敢えて言うなら、ダンジョンに潜り続けていたってことくらいですかね……」

「そうなんですね……」

ジサンはゲーム開始初日から二年近くダンジョンを出ることはなかった。彼にとっては特別なことでなくても他人からすればそれは狂気の沙汰であった。

「性能としては、地面系のスキルとダンジョンで便利な特性を少々……あとは心なしかハイリスク、ハイリターンのスキルが多い印象ですね……」

ジサンは自身のステータスを確認する。

■ジサン
レベル：150
クラス：アングラ・ナイト
クラスレベル：49
HP：3580　MP：605
AT：1695　AG：2336
魔法：フルダウン、スロウ
スキル：魔刃斬、地空裂、陰剣、地滅、自己全治癒
特性：地下帰還、巣穴籠り、魔物使役、魔物交配、状態異常耐性

（思えばこのクラスとの付き合いも長くなってきたな……）
改めてアングラ・ナイトがクラスレベルアップで習得する魔法、スキル詳細を確認する。

＝＝＝＝＝＝＝＝＝＝＝＝＝＝＝＝＝＝＝＝＝＝＝＝＝＝＝＝

魔法：
スロウ…ターゲット一体に低速化の弱体効果、自身のHPを1／4消費。（クラスレベル10で習

得）

スキル：

魔刃斬…強力な斬撃。ただし、使用時はあらゆる追加効果がなくなる。（アングラナイト　クラスチェンジボーナスで習得）

地空裂…地面を叩きつけ、地空を震撼させる範囲攻撃。前後モーションが長いため注意。効果時間をコントロールできるが持続させるほど自身にもダメージ。（クラスレベル20で習得）

陰剣…高速斬り。使用中は防御力が激減する。（クラスレベル30で習得）

地滅…自身の生命を懸けた強烈な一撃。HPがゼロになる。パーティメンバーが残っていても死亡する。使用時は短時間の使用キャンセル時間が設けられる。（クラスレベル40で習得）

＝＝＝＝＝＝＝＝＝＝＝＝＝＝＝＝＝＝＝＝＝＝＝＝＝＝＝＝＝＝＝＝＝

〝いのちだいじにせず〟で潜り続けたカスカベ外郭地下ダンジョンの日々を反映するかのように全スキルにリスクが伴う無鉄砲な構成となっていた。一方で、アングラ・ナイトは引継ぎ可能スキルが豊富であり、前のクラスで習得していた自己全治癒、状態異常耐性などを引き継ぐことができたのは幸いであった。

（……それにしても、〝地滅〟とかいうリアル・メガ○テは流石に頭おかしいだろ）

などと思いつつ……

「えーと、例えば……こんなのがあります……魔刃斬は強めの攻撃ですが、使用時はあらゆる追加効果がなくなります。陰剣は高速で攻撃ができますが、使用中は防御力が激減します」

「うわっ、確かに何だか諸刃の剣的なスキルが多いですね……」

「えぇ……」

「すごいなぁと思う反面……ちょっと心配です……」

シゲサトは言葉の通り、心配そうに眉を八の字にしてジサンの顔を見つめる。

（……！　……心配……か……）

そんな風にストレートに言ってくれる人が複数人現れてきたことがジサンにとっては何だか不思議であった。その後、ジサンはうまく反応できず、少しだけ沈黙が流れる。

「あ、あの……ちょっと話変わりますが……」

（……？）

ふいにシゲサトはそれまでより少しトーンを落とす。

「オーナー……今日のピククとの戦いの時……誘ってくれてありがとうございました……」

「え……？」

「オーナーがどういう想いで言ってくれたのかはわかりませんが、俺、嬉しかったです」

そう言って、シゲサトは流し目気味に微笑む。

（……）

衝動的な部分もあったため、ジサンは少しばかり返答に困る。

「あ！　それで是非、聞いておきたいことがあるのですが……」

「はい……？」

「オーナーは男性と女性、どちらが好きですか？」

（!?）

4章　災厄の龍

「え……」

災厄の日。夕刻、龍人族の集落の近くに位置する荒れた大地にて。

上空を見上げる面々は思わず固唾を呑む。

「嘘だろ……」

赤髪の龍人ロワはそう零す。

その場にいたのは三守龍と呼ばれる長老、ドラド、ピクク。龍人の精鋭達が五名。

そして、おせっかいな旅の者、四名はそれまで浴びていた夕暮れの真っ赤な日差しを〝災厄〟により遮られる。

「でか……」

ドラゴン大好き、ドラグーンのシゲサトもその巨体には緊張感の漂う言葉を漏らす。

体長四〇メートル。

両翼に手足の付いた典型的な姿をしたドラゴンが龍人の集落へと飛来した。

「これが今回の災厄なの……？　今までと比べものにならない……」

その場において、唯一の女龍人ピククは絶望するように言う。

その時、全員に想定外の事態が起こる。突如、空間に光学ディスプレイが出現したのである。

＝＝＝＝＝＝＝＝＝＝＝＝＝＝＝＝＝＝＝＝＝＝＝＝＝＝＝＝＝＝

【龍人族の災厄イベント】

クリア条件：ディザスター・ドラゴンの討伐

報酬：謎の森の通行券

特殊条件：

本イベントはレイドバトル対象となります。制限時間は二時間となり、それまでにクリア条件を満たさなければ自陣営は全員ゲームオーバーとなります。

フィールド〝龍域〟により、龍にまつわる存在のみがディザスター・ドラゴンとの戦闘に関与することができます。また、龍域を展開する〝三つの核〟を破壊しなければ、龍にまつわる存在にとどめを刺すことができません。ディザスター・ドラゴンはとどめを刺さない限り、戦闘不能になることはありません。三核の破壊に挑戦するプレイヤーを三人選択してください。

＝＝＝＝＝＝＝＝＝＝＝＝＝＝＝＝＝＝＝＝＝＝＝＝＝＝＝＝＝＝

「これは一体何なんだ……このゲージのようなものは……？」

龍人族の精鋭達は未だ状況を呑み込めていないようであった。

「えーと……これはゲームで……レイドバトルというのは、パーティの限度人数である四人を超えて、戦闘に参加できるシステムのようです。ゲージはＨＰと呼ばれ、それが皆さんの生命力のようなものを表していて……」

シゲサトが一生懸命に自分の知っている情報を龍人族らに伝えようとする。

「はっ……？　ゲームだと？　ふざけているのか！　こちらは集落の命運がかかっているのだぞ！」

「っ……！」

龍人族の一人がシゲサトに対し、声を荒らげる。

シゲサトは真面目に答えているものの彼の言い分ももっともであることから、言葉を失う。

「っ……！」

「恩人に対して失礼であるぞ！」

が、しかし、別の龍人が叱りつけるように言う。ピククであった。

「し、しかし……ピクク様……」

「我らの役割はここでこの事態の全容を解明することであるか？」

「っ……!?」

「違うだろう？　我々の役割は奴を撃退し、この集落を守ること。ならば、それに注力すべし！」

「……はいっ！」

龍人達の目に力が入る。

そして、まるで彼らの意思が固まるのを待っていたかのように上空に漂っていた巨龍ディザスター・ドラゴンはゆっくりと地上付近まで高度を落とす。

◆

「さて、どうしましょう……？　皆さん、どの扉にします？」

三つの扉が存在する謎の白い空間にて、ミズカが切り出す。

「そ、そうですね……私はどれでも……」

ジサンはそのように答える。

「我はマスターと離れたくありません」

（……いや、それは無理だろ）

【龍域を展開する〝三つの核〟を破壊しなければ、龍にまつわる存在にとどめを刺すことができません。ディザスター・ドラゴンはとどめを刺さない限り、戦闘不能になることはありません。三核の破壊に挑戦するプレイヤーを三人選択してください】

イベントの特殊ルール、三つの核の破壊のため、選択した三人のプレイヤーはジサン、サラ、ミズカであった。

選ばれた理由として、彼らは龍でも龍人でもなかったこと、龍人族がすぐには状況を呑み込めず、困惑していたことからゲームであると理解しているシゲサトを含む四名の中から選んだ方が早いとの結論に至ったからだ。選択したことで飛ばされた謎空間には三つの扉が存在し、先程とは異なるディスプレイに簡単な案内が表示されていた。

＝＝＝＝＝＝＝＝＝＝＝＝＝＝＝＝＝＝＝＝＝＝＝＝＝＝＝＝＝＝＝＝＝

【三つの扉】

目の前の三つの扉はいずれもボスモンスターの部屋に繋がっています。平均して魔公爵ランク程度のモンスターが待ち構えており、ボスモンスターを倒せば、〝核〟を破壊することができます。それぞれの部屋に入室するプレイヤーを一名ずつ選択してください。

＝＝＝＝＝＝＝＝＝＝＝＝＝＝＝＝＝＝＝＝＝＝＝＝＝＝＝＝＝＝＝＝＝

その説明の通り、確かに三つの扉が存在するわけだが、三つの扉にはそれぞれ異なる特徴があった。それは大きさである。扉にはわかりやすく大中小のサイズがあったのである。

「ボスのランクは魔公爵か……絶望的というわけではないですが、油断はできないですね。同じ魔公爵でも相当強さにブレもありますしね……」

魔公爵ランクとは魔王ランクの一つ下のランクである。魔公爵ランクは強さの幅が広いことによりプレイヤー泣かせで有名でもあった。

「それに、私達が一人でも負けちゃうとディザスター・ドラゴンを倒せない。ちょっと責任重大ですね……」

ミズカの言葉にジサンも同意し、と同時に、少々、プレッシャーを感じる。

「えーと、じゃあ、私……大にしましょうか……？」

ミズカがそのように言う。普通に考えると、一番強いボスが待ち構えていそうな〝大〟の部屋。ミズカはそれを引き受けると自ら提案する。

「いや、我が大にする……！」

「えっ？」

が、それにサラが割り込み、ミズカはちょっと驚く。

「まぁ、サラちゃんが強いのは何となくわかるけど……」

ミズカは強そうではあるが、実力が未知であるサラを最大リスクに挑ませてよいものかと困っている様子であった。

「で、では、私が……」

女性二人が危険を顧みずに立候補する中、黙っているわけにもいかず、ジサンがそのように言う。

「「どうぞどうぞ……」」

（っ……！）

ジサンが名乗り出ると予想外に二人ともあっさりと譲る。ミズカはジサンの強さをツキハからも聞いており、その情報を強く信用している。サラは基本的にジサンに従うからだ。

「まぁ、そもそも大きい扉に強い敵がいるとも限りませんからね」

「そ、そうですね……」

そうして、結局、大はジサン、中はサラ、小はミズカとなったのであった。

（さて……大の部屋か……）

ジサンは大の扉の中に侵入する。

扉の中は更に通路になっており、その先に広い空間があった。

（このゲームは妙にひねくれてるから、小の部屋が一番強いボスがいるとかもありそうだな……）

ジサンはそんなことを考えながら通路を進む。

通路の先、広い空間の前にはプレートのようなもので、中に構えるボスの情報が提示されていた。

（えーと……）

［魔王：ネネ］

（…………えっ？）

ジサンは目の疲れによる見間違いかと思い、目を擦る。そして改めてプレートを確認する。

［魔王：ネネ］

「ぐわぁあああああああ!!」

また、一人、龍人の精鋭が巨龍の餌食となる。

一人目は巨大な後ろ脚に押し潰され、今の一人は強靱な鉤爪に身を切り裂かれ、戦いが始まって間もなく……あっという間に二人が犠牲となった。

「くっ……」

残された龍人達はその覚悟をしていたためか、激しく狼狽《ろうばい》はしないまでも唇を噛み締める。

「狼狽えるでない……！　我ら、龍人族……一致団結して、この災厄を乗り越えるのじゃ！」

「長老……！」

長老がそのように鼓舞することで、龍人族の目に力が入る。

『ヒュゥ――』

「っ!?」

が、その時、軽く空気を吸い込むような不気味な音と共に、巨龍が首を仰け反らせる。

「に、逃げ……」

『ガァッ!!』

誰かが退避を促す言葉を叫びかけたが、その獄炎はすでに放たれていた。巨龍から吐かれた朱色の炎弾が何かに着弾した。

「ぎゃぁあああ゛あああ゛あああ!!」

「え………」

一瞬の静けさの後、残った人員の確認により、誰がその炎弾の被害にあったのかが判明する。

「長老ぉおおおおおおおおおお!!」

赤髪の龍人、ロワが燃え盛る長老に駆け寄る。

「っ……」

しかし、長老はすでに全身に激しい損傷を負い、倒れ込んだまま動かなくなっていた。

「嘘でしょ……？　長老様が……？」

シゲサトがそのように呟く。

肉体的には老いていたとはいえ、三守龍の一角、龍人族の精神的支えであった長老のリタイアが彼らに大きな動揺を与えていることは明白であった。

「ちくしょうが……！」

それでも戦意を喪失しなかったのは賞賛に値するだろう。三守龍の一角を担うドラドが掌を巨龍に向け、衝撃波をぶつける。

「っ……！」

しかし、巨龍横に不気味に浮遊する大量のＨＰゲージの減少は大きくない。

「スキル：龍雷砲……!!」

ヴォルケイノ・ドラゴンのヴォルちゃんに跨《また》がり、人族として孤軍、参戦するシゲサトも何とかしなければならないという一心でディザスター・ドラゴンに攻撃を加える。

「っ……」

しかし、ＨＰゲージの減少は極めて僅少であり、目視でなんとか確認できる程度であった。だが、それはドラグーンであるシゲサトも〝龍にまつわる存在〟であることが証明できる一撃でもあり、四人の中で自身《シゲサト》がこの場に残ったことに少なくとも意味があったことを示していた。

「何なんだこいつは……あまりにも硬すぎる……」

ロワは絶望する。二名の強者の攻撃により生じた巨龍のHPの減少、とりわけ直前のシゲサトによる攻撃によるダメージがあまりにも少なかったからだ。

「それでも攻撃し続けるしかないでしょ……！」

「その通りだ、ロワよ！」

「ピクク様……ドラド様……」

賢龍ドラド、勇龍ピククは果敢に攻撃を加えていく。

「よし……ヴォルちゃん……！　俺達も行くよ！」

「ヴォ……！」

無駄であるかもしれないが、この場を任された以上、諦めることは選択肢になかった。シゲサトも二守龍に続く。

「頼むよ！　ラヴァブレス……！」

「ヴォオオ‼」

ヴォルちゃんは頭を軽く仰け反り、勢いよく口から溶岩のような火弾を吐き出す。

『グギャッ』

「あれ……？」

龍人族やシゲサトの攻撃を受けても、まるで無機質な壁のように無反応であったディザスター・ドラゴンであったが、その時、初めて、一瞬ではあるが、怯んだかのような呻き声をあげたのである。

そして、もう一つ。僅少とは言えない……いや、それなりの量のＨＰゲージの減少も生じている。

「…………ヴォ、ヴォルちゃん……近づいて攻撃だ！」

「ヴォ！」

『ヒュゥ――』

「っ⁉」

しかし、その時、再び、ディザスター・ドラゴンが空気を吸うような動作をする。

「やばっ！」

『ガァッ‼』

ディザスター・ドラゴンが放った先刻、龍人の老兵を葬った炎弾はシゲサトらの方に向かってきた。

「ヴラァっ！」

「え……？」

シゲサトとヴォルちゃんに向かって直線的に進行していた炎弾は途中で急激に角度を変え、轟音と共に地面に落下した。龍人の一人が空中で、炎弾を素手で殴り飛ばしたのであった。

「大丈夫ですか……？」

「あ、ありがとう、ロワさん……」

「いえ……」

ロワはそれだけ言う。どこか口惜しさを帯びた表情をしていたのは、なぜこれを先刻できなかったのかという後悔があったからであろうか。

「ちょっと危なかったけど、ヴォルちゃん、気を取り直して……！」

「ヴォ！」

ヴォルちゃんは、今度こそと言うように、素早く巨龍の側面に近づき、鉤爪による攻撃を加える。

『グギャウッ』

ディザスター・ドラゴンは先ほどと同じように小さな呻き声をあげる。そして、肝心のＨＰにもやはり明らかな損傷を与えている。

「やっぱりだ……やっぱりヴォルちゃんの攻撃がよく通っている……まさか……」

龍人達もその事象に気付いており、良い意味で驚き、困惑している。そして、シゲサトが瞬時に導き出した推測を伝える。

「多分、この龍域は〝龍により近しい存在〟ほど力を発揮できるかもです！」

普段であれば、シゲサトの攻撃の方がヴォルちゃんの攻撃より数値では上であった。しかし、シゲサトの攻撃による巨龍へのダメージはあまりにも僅少であった。ドラドやピククによる攻撃は決して大きくはなかったが、シゲサトの攻撃よりはマシであった。そのドラドやピククより目に見えて大きなダメージを叩き出したのがヴォルちゃんであった。ドラグーンという龍が好きなだけの人間、半分龍である龍人、そして龍。次第に与えられるダメージが増大している。

この事象から導かれた答えが、〝龍により近しい存在ほど力を発揮できる〟であった。

「なるほど……」

ドラドが静かに頷く。

「ならば、我々にもできることがあるわ」

そう言うと、二人の龍人が光を帯びる。

「「龍化!!」」

ディザスター・ドラゴンに比べると小さくはある。しかし、それでも大龍と呼んで差し支えないだろう。神々しい光を放つ二匹の白龍が出現する。

［スキル：聖手鞠鞭《せいしゅじんべん》］［スキル：ウォーターブレス］

シゲサトのディスプレイにほぼ同時に二つのスキル名がポップする。

それと同時に、ドラドから生えた無数の鞭状の物体、ピククが放った流水状のブレスがディザスター・ドラゴンに襲い掛かる。

［スキル：ホーリー・インパルス］［スキル：インパクト・アイ］

ドラドとピククは好機と見るに、強力な攻撃スキルで畳みかける。

『グギャアァアアア!!』

ディザスター・ドラゴンはこれまでにない程、激しい呻き声をあげる。

「すごいすごい！　効いてるよ！」

二龍の〝怒り〟とも取れる連続的な大技により、ディザスター・ドラゴンは大きなダメージを受け、残ＨＰは一気に２／３ほどまで減少する。

「これなら……このままいけば……」

『グガ……グガガガガガ……』

「っ……！」

ロワが希望を口にしかけたその時、ディザスター・ドラゴンがまるで笑っているかのように唸る。

そして、ディザスター・ドラゴンの周囲に立て続けにエフェクトが発生し、鱗からは禍々しい棘《とげ》が次々と発生する。

その瞬間、シゲサトは思う。

思い返してみれば、戦闘が始まってから一度も、ディザスター・ドラゴンによるスキルや魔法の使用を宣言するポップアップがされていなかった。

［スキル：龍殻変動］

「なぜ我が魔騎士ごときと……とんだ外れを引いたものだ……」

「さ、サラちゃん……！」

三つの扉から、ディザスター・ドラゴンとの戦いの場に一番乗りで戻ってきたのはサラであった。

シゲサトがそれに気づき、余力がないなりに、なんとか無事を喜ぶ反応を示す。

サラは三つの扉のうち、中くらいの扉を選んだが、その先にいたのは魔公爵の下のランクの魔騎士ランクのボスであった。通常のプレイヤーからすると、魔騎士ランクもそれなりの難敵であるが、サラにとってはそうではなかったようだ。

真っ先に戻ってきたサラであったが、彼女は龍に縁のある者ではないため、ディザスター・ドラゴンとの戦闘に関与することはできない。従って、戦況を見守る程度のことしかすることがなかった。

「ふむ……状況は……なかなか難儀をしているようだな……」

［スキル：棘災《きょくさい》］

［スキル：龍の守り］

「皆ぁ！　私の後ろへ……！」

ドラドが叫ぶ。

「ぐわぁあああああああ!!」

ディザスター・ドラゴンの放った十数の巨大な棘の一本が、ドラドの展開した防護フィールド背後に辿り着けなかった一人の龍人に不運にも突き刺さる。

「くっ……」

もう一人、ドラドの防護フィールドに間に合わなかったものの、向かってくる棘を素手で叩き落すという力技で危機を回避したロワであったが、自身の守りで手一杯であった。

そしてついに場に残っているのは、ドラド、ピクク、ロワの三人の龍人とシゲサトとヴォルケイノ・ドラゴンだけとなってしまった。

［スキル：ウォーターブレス］［スキル：ラヴァブレス］

それでも、ピクク、ヴォルケイノ・ドラゴンがブレスによる攻撃を加えていく。

ディザスター・ドラゴンにダメージは確かに蓄積されている。そのダメージは決して小さくはないが、ディザスター・ドラゴンが〝スキル：龍殻変動〟を行って以降、硬い棘に邪魔されているのか、思うようにダメージが入らなくなっていた。

「ヴラァっ！」

『ガ……？』

「っ……！」

ロワも再三、渾身の拳をディザスター・ドラゴンに叩きこんでいるが、龍ではなく、龍人であるロワの攻撃はやはり芳しい効果を得られない。そのせいかディザスター・ドラゴンも柔らかいゴムボールでも当てられたかのような反応しか示さない。

「くっ……私は何のためにここにいるのか……」

ロワはそのように思う。長老や仲間を守ることもできず、ディザスター・ドラゴンには毛ほどもダメージを与えることができない。そんな自分が情けなくて仕方がなかった。

せめて誰かの壁になるくらいには……そのような決意に到る。

が、この戦闘において、そのような呑気なことを考えている余裕はなかったはずだ。

「ロワ……!!」

「えっ……？」

「魔法：グラビティ・フレア」

十数の黒い球状のエフェクトがロワを取り囲むように発生する。

「ぐぅ……！」

ロワは当然、逃れようとするも、強力な重力場が発生し、上手く動くことができない。その間に、それぞれの黒い球体は中央のロワに向かい、直進を始め、加速度的に速度を速める。

「くそぉおおお!!」

ロワは反射的に腕で顔を塞ぐように頭部を守る。

しかし、それは意味を為さなかった。

「…………えっ？」

腕で顔を塞いだところで頭部を守ることなど不可能であった……という意味でもなく、そもそも攻撃がロワまで到達しなかったのである。

とぐろ状の何かがロワを守るように、そこにあったからだ。

「ド……ドラド様……」

「…………ガハッ……」

「ドラド様……！」

ドラドは崩れ落ちるようにその場に倒れ、龍化を維持できなくなったのか人の姿へと戻る。

「くっ……ドラドが……テンプテーション《誘惑》・アイ……！」

ピククがスキルを発するとディザスター・ドラゴンはピククの方へと向きを変える。

「ドラド様……なぜ……このようなことを……」

「……」

「私はこの場において最初に切り捨てるべき存在……それなのに……貴方は……」

「なぜか……って……？　それはお前が……龍人で一番強いからだ」

「え……？」

「自分でもわかっているだろ？　お前が龍人の中で、最も強いことが……」

「っ……！　で、ですが、私は龍化すらできないっ……貴方のような明鏡止水の境地には……」

「我のどこが明鏡止水なのだ？」

「っ……！」

「ロワよ……強さとは何だ……？」

「え……？」

「力が強いことであるか？　はたまた……明鏡止水であることか？」

「……」

「違うだろう？　龍人の強さとは、皆を守りたいという心にある……それは賢龍であろうと邪龍であろうと同じこと。ロワ……お前はすでにそれを持っているはずだ……」

「っ……！」

「ちと疲れた……あとは頼むぞ……ロワ……」

そう告げると、ドラドは静かに目を閉じる。

「きゃぁあああ!!」

「っ⁉　ピクク様……！　ヴォルちゃんももうスキルが……」

誘導スキルにより、ディザスター・ドラゴンのヘイトを自身へ向けていたピククが悲鳴をあげる。

ひっそりとドラド、ロワを守る位置をキープしていたシゲサトとヴォルケイノ・ドラゴンもこれまでの戦いでスキルを温存することはできず、もはやサポートできる余力はなかった。

「い、いや……」

ディザスター・ドラゴンは追い詰めたピククを捕食でもするかのように、見定め、僅かに後ろに助走を取り、飛び掛かる。

『ガァアアアア‼』

だが、それを阻止する者がいた。

「……ロワ……できたのね……」

赤い龍がその巨大な口を両の豪腕で止めていた。

ディザスター・ドラゴンは止められた口を強引に閉じて、赤龍を噛み千切ろうとするが、顎を動かすことができない。

「くらいやがれ……」

『ガ……？』

「クリムゾンブレス……！」

ロワの口が力を溜めるように赤く輝く、そして超至近距離からディザスター・ドラゴンの口内に向けて、激しい熱光線が放たれる。

『グギャアァァア゛アアアアアア゛アアアアア』

ディザスター・ドラゴンは激しい呻き声と共にのた打ち回る。

「ドラゴン・クロウ……！」

追い打ちをかけるようにディザスター・ドラゴンの懐に潜り込み、激しい殴打を加えていき、一撃毎にディザスター・ドラゴンのＨＰはみるみるうちに減少していく。

［スキル：地棘災《じきょくさい》］

「っ……！」

ディザスター・ドラゴンも反撃する。地面から次々に棘が突き上げてくる。だが、ロワはまだ引かない。一部の棘を身体に受けながらも殴打にて応戦する。

「ウラァアア゛アアアア」

『グギャアァァア゛アア』

「ロワ……！　そのままじゃ死ぬわよ！　一回、引きなさい！」

「っ……！」

ピククの警告を受け、ロワは一度、ディザスター・ドラゴンから離れる。ロワのＨＰゲージは１／２となっていた。

「貴方がやられたら本当に終わりよ……！　冷静になりなさい……！」

「っ……はい……」

「でも……貴方のおかげで助かったわ……」

「……しかし……なぜもっと早く……もっと早くできていれば……」

ロワは悔しそうに唇を噛み締める。

「あの……ドラド様達はもしかしたら……」

シゲサトが何かを言いかける。

「ん……？」

「いや、何でも……」

シゲサトはとある〝当て〟があったが、確信がなかったため、それ以上は言わなかった。その当てが外れた場合、弁明しようがないからである。

「でも見て……貴方のおかげであいつも……」

ロワの捨て身の攻撃のおかげで、ディザスター・ドラゴンのＨＰゲージは残り１／４のところまで来ていた。

『グギャアアァア゛アアァア゛アアァア゛アアア!!』

「「「っっっ!?」」」

が、しかし、突如、ディザスター・ドラゴンが激しく咆哮する。特にダメージを受けたわけでもないにもかかわらずだ。そして、身体の色が黒紫へと変質していく。

畳み掛けるように、不吉な文字がポップアップする。

［スキル：狂龍］

［ディザスター・ドラゴンは狂化状態となりました］

「狂化……!? 嘘でしょ……? まだ終わらないの……!?」

ピクタが絶望を口にするとほぼ同時にそれを増長するかのようにスキル名がポップする。

[スキル：狂災炎]

「ぐぬぅっ……!!」

ディザスター・ドラゴンが放つ威力よりも広範囲を重視した火炎がプレイヤー達に襲い掛かる。その場に残っている自陣営の四名のＨＰが１／３以下となる。

「……っ」

どうすればこの状況を打開できるか……シゲサトは懸命に思考を巡らせるが、考えれば考える程、ゲームオーバーが現実味を帯びているという事実が浮き彫りになる。

「くっ……もはや後戻りなどできない……！ 攻めあるのみ……！」

「ろ、ロワさん……！」

ロワは言葉の通り、前へ出る。後戻りできないという言葉には、いくらか諦めの意味合いを含んでいたかもしれない。

[スキル：バイオレットブレス]

新たなスキル名がポップアップする。四名は覚悟を決め、身構える。

『ギャアアァん!!』

「「えっ……？」」

だが、なぜか甲高い悲鳴を上げたディザスター・ドラゴンが美しいスミレ色の炎に包まれていた。

四名はその炎の発射元に視線を移す。

「あ、あれは………」

ロワとピククの目からは一粒の涙が零れ落ちていた。

その神々しい姿は彼らが幼き頃に憧れた伝説のドラゴンの姿、そのものであったからだ。

〝奴らはナイーヴ・ドラゴンというのですか……奴らは集落の子供達が読む絵本に出てくる伝説のドラゴンに姿形が似ているのです……私も子供の時に読んだ絵本でもあるので、少々、不気味ではあります〟

龍人の森を探索し、ナイーヴ・ドラゴンに遭遇した際にロワが語っていたことである。

「あれは……伝説の……真龍……」

「ピュア・ドラゴン……!!　お、オーナー……!!」

「シゲサトくん……手間取ってしまってすみません……」

「い、いえ……そんな……」

「私自身は参加できませんが、ナイーヴなら……と思い……」

「はい……！」

ピュア・ドラゴン《ナイーヴ》の一撃により、１／４だったディザスター・ドラゴンのＨＰはその半分の１／８にまで減少している。

「ナイーヴ……スキル：純撲《じゅんぼく》、頼む……」

「ガウ……！」

ジサンの指示を受け、ナイーヴはいつもよりちょっとだけ自信ありげに、勢いよくディザスター・ドラゴンに向かっていく。

「あっ、待ってください、オーナー！　このままじゃ、ディザスター・ドラゴンにとどめを刺せないです」

シゲサトは特殊ルールのことを言っていた。

［龍域を展開する〝三つの核〟を破壊しなければ、龍にまつわる存在にとどめを刺すことができません。ディザスター・ドラゴンはとどめを刺さない限り、戦闘不能になることはありません］

サラとジサンは戻ってきた。しかし、まだミズカは戻ってきていなかった。

「えーと……こうか？　メッセージ送信っと……」

その時、それまで沈黙しており、まるで空気のようになっていた大魔王様が突如、独り言を呟く。

そう言えば、ジサンが帰ってきたにもかかわらず、妙に落ち着いている。まるでそれがすでにわかっていたかのように。

「え？　どうしたの？　サラちゃん……」

［サラ：やってよし］

「えっ？」

その直後、戦場には地鳴りが発生し始める。

それまで展開されていたフィールド・エフェクトの一部が崩壊を始めたのである。

［三つの核が破壊されました。これより龍にまつわる存在にとどめを刺すことが可能となります。自

陣営も例外ではありませんので、ご注意ください」

［ミズカ：皆さんの方、様子はどうですか？］
［サラ：一瞬で葬れる］
［ジサン：すみません、手こずりそうです］
［ミズカ：外れはジサンさんでしたか。くれぐれもお気をつけください。では、連絡係はサラちゃん、粘る係は私ということで］
三つの扉に入室した際に、ミズカらとやり取りしたメッセージである。
連絡を取り合うことは、扉に入る前に打ち合わせしていたのだ。
「えーと、ミテイの提案なのですが、龍域の効果を見るに、可能な限り核は残して、ディザスター・ドラゴンを倒すギリギリに壊した方がいいと言っています」
「……？　どういうことでしょう？」
「〝龍域を展開する三つの核を破壊しなければ、龍にまつわる存在にとどめを刺すことができません〟これはつまりとどめを刺すことができないのは〝味方にも適用される〟んじゃないか？　ってことみたいです」
「……！　なるほど……」

実はこの仮説には、現場にいたシゲサトもそうなのではないかと感じていた。しかし、仮説が誤っている可能性を危惧し、龍人族には伝えていなかった。

「なので、ボス部屋の状況を見て、〝連絡係〟と〝粘る係〟を決めましょう。連絡係はなるべく早くボスを倒して、あちらに戻ります。粘る係はボスにいつでも止めを刺せる状態で連絡係からのGOサインを待ちます。どちらにもならなかった人も基本的には早めにボスを倒すことが望ましいです。

まぁ、連絡係はシゲサトさんでもいいと言えばいいのですが……」

「この中の誰かがやる方がいいやもしれないな……あいつは余力がないかもしれないからな……」

(……)

それを言ったのがサラであったため、ジサンは少しだけ驚いた。

「了解です！　では、後ほど、また連絡します……！」

「うむ…………」

「えーと……」

「……ん？」

ニコニコしながらもその後、一向に動こうとしないミズカに対し、サラは何のつもりだと少し不審に思う。

「連絡するにはフレンド登録が……」

「ふっ、ふっ、ふっ…………フレンドぉ!?」

不敵に笑ってみせたかと思えば、露骨に動揺するサラであった。

私は今、おとぎ話の中にいるのだろうか？

龍人族最強の戦士ロワは自身の眼前の光景に対し、そのような錯覚を抱く。

『ガッ……!?』

「ガゥ……」

一瞬にして、ディザスター・ドラゴンの眼前に現れたのは、その災厄と名の付く巨竜より遥かに小さく、幾分、自信なさげなドラゴンであった。

しかし、その姿は幼き頃に読み、憧れた絵本に登場する集落を守る伝説のドラゴンそのもので、ロワは完全に目を奪われていた。

［スキル：純撲］

ロワにはよくは理解できていなかったが、技を使用すると現れる謎の表示。恐らく旅の者達の言う〝ゲーム〟による影響か……それが今、再び空中に文字を綴る。

『ガッ……!?　ガッガッガッ……ガァアア゛ァァアア゛アァア』

その直後から、ディザスター・ドラゴンは断続的な呻き声をあげる。

ディザスター・ドラゴンは、ほとんど状況を認識することができていない様子に見えた。解を提供するならば、その巨龍が受けていたのは単純な連続的な打撃であった。

『……ハギャ？』

そして、その殴打が一時的に停止する。

終わったのか？

ロワにはディザスター・ドラゴンがそのように安堵したように見えていた。

それはまるで先刻の自分達のように、絶望の中に刹那の希望が芽生えた瞬間を垣間見た気がした。

だが、次の瞬間にはその希望は絶望へと変化する。

巨龍の顔面に、渾身の右ストレートが突き刺さる。

『きゃァん……！』

あれだけ苦しめられ、多くの犠牲を生んだ災厄の巨龍がまるで子犬のような悲鳴をあげたかと思えば、崩れるように消滅していく。


「そこに三人の龍人がいるじゃろう！」

「はい？」

「どれでも好きな奴を一人、連れていけ。ワシでもいいけど……」

「えっ、いいのですか……？　三人は龍人族にとって重要な戦力では……」

災厄を退けた龍人族の宴の最中、長老の申し出にシゲサトは戸惑う。

ドラド、ピクク、ロワがそれぞれ跪き、首《こうべ》を垂れている。

龍域により、守られていたおかげで、戦闘後に長老もドラドも倒れた精鋭達も無事に目を覚ましたのである。リアル・ファンタジーにおいて戦闘不能《瀕死》とゲームオーバー《死》は明確に区別されており、戦闘不能であればどのような重症であっても、回復手段を行使することにより、比較的容易に元の状態に戻ることができる。

「当然じゃ……！　今回の件、貴方達がいなければ、全滅であった。特にシゲサト様は命懸けで我々と共に戦ってくれた。一人では少ないくらいやもしれんな」

「……っ。いいのでしょうか？」

シゲサトは今度はジサンの方を見つめ確認する。

ジサンは長老の申し出を受けることに対し、〝いいんじゃないか〟と頷き返す。

シゲサトは自分が貰っていいのでしょうか？　という意図であったが、ジサンはそこまでは汲み取れてはいなかった。もっとも汲み取れていたとしても頷いていたことに変わりはないだろう。

「そ、それじゃあ……」

シゲサトは少しだけ迷いつつも、それほど時間を掛けずに一人の龍人を選択する。

「真龍様……！　なんと神々しいお姿なのでしょう……！」

「あぁ……真龍様……死ぬ前にそのお姿を拝見できるなんて……ワシはもう死んでもいい……」

「真龍様……かっこいい……」

「がぅぅう……」

宴の最中、ナイーヴはちやほやされていた。

会場の中央に据え置かれ、龍人族が入れ替わり立ち代わりに拝めるように訪れる。

当人、いや当龍は終始、困ったように、そわそわとしていた。

「……」

「あれ……？　行かなくていいのか？　あれだけ騒いでいた真龍様だぞ？」

そんな中、離れた場所で一人、佇んでいた龍人の少年グピィにロワが話しかける。

「……別に……」

「どうした？　素直になれないのか？」

「そんなんじゃないやい！」

「……」

どこか不機嫌なグピィをロワは優しさに溢れた瞳で見つめる。宴の夜は更けていく。


「あー、本当にあった！　あっ！　しかもバスまである！」

ミズカがバス停を発見し、少し驚いたように駆け寄る。

昨晩、西の森で謎のスポットを発見したと宴で酔っ払って森でふらついていた龍人からの情報があり、特徴をまとめると、バス停ではないかという話になっていたのである。そして、翌朝、四人はそこへ向かうことになっていたのである。

「では、皆さんはこれに乗って行かれるということじゃな?」

見送りには長老、ロワ、そしてグピィが来てくれていた。

「そうですね。ちゃんと元の場所に戻れるかちょっと心配ですが……」

シゲサトが答える。

「もう少しゆっくりしていってもよかったのじゃが……」

「ごめんなさい、私がそろそろ元の仲間のところへ戻らないとで……」

ミズカは申し訳なさそうに頭を下げる。

「いやいや、いいのじゃ……うむ……しかし、今回の件、重ね重ね、お礼申し上げる。また、いつの日か会える日を楽しみにしておる」

「はい!　こちらこそ、ありがとうございました!」

シゲサトが明るく応える。

そうして、四人はバスに乗る。するとバスのドアが自動で閉まり、ゆっくりとバスが発進する。

「ばーいばーい!」

バスの中から、シゲサトとミズカが手を振る。

それに応えるように龍人達は頭を下げる。一人、棒立ちしていたグピィの頭をロワが下げさせる。

そうして旅の四人はバスに乗車し、去っていった。

「行ってしまったな」

「そうですね……」

「…………」

長老とロワが戻ろうとするが、グピィは一人佇んでいた。

「どうした？　グピィ、今更、真龍様に握手をして貰っておけばよかったと思っても遅いぞ？」

「だから、そんなんじゃないよ……」

「……」

意外と冷静なグピィの態度にロワは少々、肩透かしを食らう。

「ん？　もしかして、お前がシゲサト様に連れて行って欲しかったのか？」

「えっ!?　どうしてそうなるのさー!?」

「どうしてってシゲサト様は我々のために戦ってくれた英雄。しかも、あのヴォルケイノ・ドラゴンを使役していると来た」

「確かにそうだけどさ……」

やはりグピィの反応は芳しくない。

「……皆、何で言わないのかわかんないんだけどさ……」

「……ん？」

「その理屈で言うと……一番やばいの、真龍様を従えてた冴えなそうなおじさんじゃね？」

「「っ!!」」

長老とロワはなぜグピィがあれほど崇拝していた真龍様にどこか冷めた反応を示していたのかをようやく理解すると共に、なぜその子供が抱いた素朴な疑問に今の今まで気づかなかったのかと思う。

「あっ……！」

「っ!?」

グピィは目の前を指差していた。

「今度はなんだ？」

「ほら、あれ……！」

「っ!?　なんと……」

彼らの目の前には、ここ半年程、彼らを悩ませたループする森の壁は消失していた。

森は途切れ、眼前には穏やかな平原が広がっていた。

「……戻ってきたのか……？」

5章　魔帝：ジイニ

「メンバーとは現地集合することになったので、私はここから北上してホクリクの方へ向かいます」

「わかりました……！」

龍人族の西の森からのバスはいつの間にか謎の森を抜け、いつものリアル・ファンタジーの世界に戻っていた。出た場所はグンマの辺りでちょうどバスターミナルとなっていた。そこで、数奇な巡りあわせで、龍人の森での旅を共にしたミズカとは一度、別れることとなった。

「ジサンさん、シゲサトさん、サラちゃん、短い間でしたが、お世話になりました」

「ミズカさん、ミテイさん、こちらこそありがとうございました！　また、機会があればご一緒しましょう！」

「そうですね！　あっ、そういえば……ジサンさん！」

「はいっ!?」

急にミズカからご指名され、油断していたジサンは少々、驚く。

「ジサンさんと初めて会ったのは、カスカベ外郭地下ダンジョンの入口でしたよね？」

「えぇ、そうですね」

「もしかして攻略されているんですか？」

「えーと……まぁ、そうですね。あそこには色々と縁みたいのがありましてね……」

「へぇ～、なるほどです。実は我々も最近、攻略を始めまして……」

「そうなんですね」

（あんな難易度だけ無駄に高くて、何もないところを攻略するなんて、変わってるな……）

「ちなみに差し支えなければ何層まで……？」

ミズカは何とはなしに尋ねる。

「えっ？　えーと、九〇……」

「九〇っ⁉」

「あ、はい……」

（九五……）

「た、た、大変なことだよ……み、ミテイさん……えっ⁉　切り替えていけ？　そんなぁ……！」

ミズカは狼狽えているのか、人目をはばからず、思いっきり脳内の住人と会話を始める。

「はっ！　す、すみません……私としたことが……」

「い、いえ……」

「そ、それでは、またどこかで会いましょう！　カスカベ外郭地下ダンジョンはどちらが勝っても恨みっこなしですよ！」

「えっ、あ、はい……」

（あそこに勝ち負けなんかあるのか……？　まぁ、いいか……）

そうして、ジサンらはレジェンドパーティ〝ウォーター・キャット〟の筆頭メンバー、ミズカ＆ミテイと別れた。

（ほっ……）

ジサンらは西へと向かうバスに乗り、一息つく。

彼らは魔帝：ジイニに挑むべく、ニホン三大湖ダンジョンのテイムミッションを攻略中であり、最後の目的地であるビワコへと向かう最中であった。

ジサンは龍人族の災厄イベントで得られたものを確認する。

まずは魔王：ネネの討伐報酬で得られた〝珠玉槌〟である。〝珠玉槌〟は鍛冶スキル、特性の強化が可能な魔装である。現状、鍛冶スキルとは無縁なジサンには全く使い道がない。

更に魔王：ネネの討伐とディザスター・ドラゴン討伐支援により得られた経験値により、レベルが2、クラスレベルが1上昇していた。

■ジサン
レベル：152
クラス：アングラ・ナイト

クラスレベル：50
HP：3620　MP：612
AT：1717　AG：2370
魔法：フルダウン、スロウ
スキル：魔刃斬、地空裂、陰剣、地滅、鼠花火、自己全治癒
特性：地下帰還、巣穴籠り、魔物使役、魔物交配、状態異常耐性

特記すべきはアングラ・ナイトクラスレベル50で習得したスキル〝鼠花火〟である。

鼠花火の効果は〝一定時間スキル連発可能。以降、戦闘中、魔法やスキルが使えなくなる〟というものであった。ジサンはまた癖の強いスキルを習得してしまったなぁなどと考えていた。

（あ、そう言えば……）

ジサンはメッセージを打ち始める。

［ジサン：稼働してるか？］

［ルィ：絶賛営業中やい！］

ジサンはお金を払えばゲームの情報を提供してくれるシェルフのルィを利用する。

サロマコで再会を果たしたことで友好度が上がったため……

［ルィ：特別に1パーセントのポイント付きだよ！］

という特典が得られた。
（友好度が上がったという割にあまり恩恵がないな……ポイント渋いし……しかし……）
ついついリピートしてしまい、しばしば利用している絶好の鴨ジサンであった。
［ルィ：それで今日は何だい？］
［ジサン：カスカベ外郭地下ダンジョンをずっと潜っていくと何があるんだ？］
ミズカとの先ほどの会話により、ちょっと気になってしまったのであった。
［ルィ：それは一〇〇〇兆カネだよ］
（……は？）
［ジサン：バグってるのか？］
あまりに突飛な数値にジサンはそのように思う。
［ルィ：バグってないやい！　本当にそういう値が設定されていてアタイはありのままに伝えてるだけやい！］
［ジサン：そうか……］
かつて100％テイム武器の情報を得た際は五億カネ、利用はしなかったが魔王：アルヴァロの情報は一〇億カネを提示された。それと比較しても一〇〇〇兆カネは流石に桁外れであった。
（……それだけ機密性が高い情報ということか）
ルィとやり取りをしていると、別の通知が届く。
［ジサン：また頼む］

［ルィ：あいよ、またよろしくね］

そうしてルィのサービス利用を止め、ジサンは新たに来た通知を開く。

［ツキハ：こんにちは。お疲れ様です。この度は、魔王のソロ討伐、おめでとうございます］

（つ、ツキハさんだ……）

メッセージは月丸隊のツキハからであった。

ツキハとは前回、牧場に戻った時に直接会って以来である。

確か、その時はツキハが牧場の99Fを購入したんだったよなとジサンは回想する。

（直接会うと大丈夫だが、メッセージだと何となく緊張するな……とはいえ、無視するわけにはいかない……）

彼女の言及する魔王ソロ討伐とは、昨日、配信された通知であろう。


＝＝＝＝＝＝＝＝＝＝＝＝＝＝＝＝＝＝＝＝＝＝＝＝＝＝＝＝＝＝＝＝＝＝＝＝＝

◆二〇四三年三月
魔王：ネネ
「討伐パーティ〈ああああ〉
「匿名希望　クラス：アングラ・ナイト

＝＝＝＝＝＝＝＝＝＝＝＝＝＝＝＝＝＝＝＝＝＝＝＝＝＝＝＝＝＝＝＝＝＝＝＝＝

ジサンは龍人族の災厄イベントの過程で、不運にも魔王と強制一騎打ちとなり、幸運にも勝利を遂げたのであった。しかし、あまり目立ちたくはない本人からすると、少々、まいったなぁという状況であった。しかし、祝ってくれた相手を無碍にするわけにもいかない。

[ジサン：ありがとうございます]

[ツキハ：魔王のソロ討伐、すごいです！　でも、サラちゃんとシゲサトさんは一緒じゃなかったのでしょうか？]

[ジサン：一緒です。運悪く、一人ずつ戦うレギュレーションとなる状況がありまして、魔王が出てくること自体、知らなかったので驚きました]

[ツキハ：なるほどです。そんなことあるんですね。ちょっとフェアじゃないような……でも、それなら事前準備なしで魔王をソロ討伐してしまったということですか。尚更、すごいです！　でも、何より無事でよかったです]

[ジサン：ツキハさんのような方にそう仰っていただけると、こちらも光栄です]

[ツキハ：私なんて大したことないですよ。でもお世辞でも嬉しいです]

(……お世辞？)

[ジサン：そう言えば、先ほどまで、色々あってウォーター・キャットのミズカさんとご一緒してました よ]

[ツキハ：えっ!?　ミズカと？　偶然かもですが、さっき、ミテイからチユをレンタルさせて欲しいと連絡がありまして]

（……おや？）

［ツキハ：あっ、ミテイって言ってもわからないですよね、すみません］

［ジサン：あ、実はミテイさんとも少しお話をする機会がありました］

［ツキハ：なんと］

（……）

ツキハはそれだけ返信して、メッセージが止まる。あまり言わない方がよかったのだろうかとジサンは幾分、動揺する。その話した内容とはツキハ《あなた》のことなんですとも言えないし……と。

だが、少し間を置いて、再びメッセージが来る。どうやら文面を考えていたようだ。

［ツキハ：今回、うちのチユをレンタルしています。なので、貸し1なんですよ。初めての魔帝攻略だったので、少しでもリスクは下げないと、ということで……］

（魔帝……？　ミズカさんはホクリクに行くと言っていたからジイニ競合ではなさそうかな……）

［ジサン：なるほどです。確かにキサさんはヒーラー専任ではないですしね］

（俺達も魔帝ジイニに挑む時はヒーラーを入れた方がいいかもな……）

［ツキハ：そうなんです。それはわかってはいるんですけど……］

（……？）

ツキハは自分を指名してくれなかったことが少し不満であったようだ。

最近、少し成長の兆しが見えるジサンではあったが、文面からそこまでの感情を読み取ることは難しかった。なので、次のジサンの言葉はただ素直にそう思っただけというものであった。

［ジサン：私ならツキハさんがいいですけどね］
（チユさんは大人のお姉さんって感じでなんか怖いし……）
実際には、かなりの年下であるのだが……
なんだかんだ言って、こうやって律義にメッセージをくれるツキハの人間性にジサンは無意識に好感を抱いていたのだろう。しかし、再びツキハからのメッセージが途切れる。
（やばい……きもかっただろうか……メッセージを消すか……!?）
と、機能的には可能だが、すでに見られてしまっては意味のない対処法を検討していると、ツキハから返信が来る。
［ツキハ：すごく嬉しいです］
間隔が空いたわりにシンプルな回答が返ってくる。
しかし、社交辞令でもそう返信してもらえると助かるな……とジサンは少し安心する。
［ツキハ：そう言えば、話は変わりますが、ウォーター・キャットも怪しげな集団に待ち伏せされて襲撃されたらしいです］
［ジサン：なんと！］
（……ミズカさんはそのことについては特に触れてはいなかったな）
［ツキハ：その時は退けられたそうですが、結構、強かったそうです。例の魔王討伐プレイヤー狩りかもしれません。ジサンさんは匿名なので大丈夫かもしれませんが、今はシゲサトさんと一緒にいると思うのでくれぐれも気を付けてくださいね］

実はサロマコでそれらしき二名に襲われていたのだが、必要以上にツキハを心配させるのはよくないかとジサンはそのことは伏せた。
［ジサン：わかりました。ツキハさんも気を付けてくださいね］
［ツキハ：はい、お気遣いありがとうございます］
そうして、ツキハとのやり取りを終える。
（さて……）
ひと段落したジサンはおもむろにメニューを確認し……そして、ぎょっとする。

＝＝
【アクアリウム】
アクアリウムレベル：3　場所：カワサキ
オーナー：ジサン　館長：指定なし　スタッフレベル：2
入館料：一〇〇カネ（プレオープン）
評判：★★☆☆☆（5）
施設：小型水槽群、淡水コーナー、陸あり水槽、大型水槽
＝＝

（ほ、ほ、ほ、星2……!?）

公開していた水族館の評判がいつの間にか★2になっていたのである。
(な、なんてことだ……)
ジサンは動揺しながらも、評判につけられたコメントを確認する。

＝＝＝

【コメント1】ID：9jojd9ajtf
良い点：　小型の生物は可愛かった。
気になる点：　特徴や見どころがなかった。
一言：　期待していただけに、正直、がっかりした。

＝＝＝

【コメント2】ID：iajr30ut9jda
良い点：　ないんだなこれが

＝＝＝

【コメント3】ID：ek436ut48r
一言：　金取るってレベルじゃねえぞ！

＝＝＝

【コメント4】ID：jgteajfia2
一言：　モンスターを展示とか不謹慎過ぎるだろ

＝＝＝＝＝＝＝＝＝＝＝＝＝＝＝＝＝＝＝＝＝＝＝＝＝＝＝＝＝＝＝

「…………」

辛辣なコメント群にジサンは手の震えが止まらなくなる。

（ダメだ……やはり慣れないことはするものじゃない…………水族館公開なんて止めるか……）

そんな時、スクロールした先にあった最後のコメントが目に入る。

＝＝＝＝＝＝＝＝＝＝＝＝＝＝＝＝＝＝＝＝＝＝＝＝＝＝＝＝＝＝＝

【コメント5】ID：ahr482hrfa

一言：

子供と一緒に来ました。ＤＭＺだったので、安心して観覧することができました。まだまだ粗削りの印象ではありましたが、立地にもかかわらず、お値段も安かったですし、プレオープンということで空きの水槽がある分、今後への期待感が高まりました。また、モンスターが展示されているのも斬新でした。子供の頃、大好きだった水族館に子供を安心して連れていけるというだけで、本当に素晴らしいと感じました。是非、今後も頑張ってください！　期待しています！

＝＝＝＝＝＝＝＝＝＝＝＝＝＝＝＝＝＝＝＝＝＝＝＝＝＝＝＝＝＝＝

（…………）

ジサンは言葉を失い、しばらくそのコメントを茫然と眺めていた。

そして、もう少しだけ続けてみようと思うのであった。


そしてジサンらは目的の地、ビワコに到着する。

カスミガウラのレンコーン、サロマコのミミック・ホタテに続き、ビワコにおける魔帝：ジイニ挑戦条件の最後の指定ターゲットはマナ・ナマズという魔魚であった。ここへ来て初めての釣りモンスターである。

しかもこのマナ・ナマズの表記はマナ・ナマズ（ホワイト）のようになっていた。どうやらマナ・ナマズの中でも白色でないと条件を満たさないということのようであった。

なお、ジサンは釣竿を所持していたが、シゲサトは持っていなかったため、ビワコ東部に併設されているクエスト斡旋所で借りることにする。そして、斡旋所を出て、真っ直ぐにビワコへ向かう。

「随分遅かったな……しかし、やはり来たんだね、シゲサト……あれだけ止めたのに……」

「!?」

ダンジョンエリアに入るとすぐに待ち伏せしていたと思われる二名の人物が立ち塞がる。

「グロウくん……」

シゲサトが名前を呼んだようにそれはシゲサトの身を案じ、これまでも魔帝攻略を止めさせようとしてきたＰ・Ｏｗｅｒのグロウとそれに付帯しているアンという女性である。

「まさかこんなところまで追ってくるとは思わなかったよ」

シゲサトはそのように言う。

ジサンからすると、あれだけ突き放されたのに、それでも追ってくるのは、なかなかに予想外であった。

「その程度のことで止めるようなら最初からやりはしない」

「……そう……それで一応、聞くけど何の用……？」

「何度でも言うが危険だ。引き返すんだ」

グロウは真剣な顔付きで言う。

「却下だね。こっちもここまで来るのに結構、苦労してるんだ。さぁ、行きましょう！　オーナー」

「あ、はい」

シゲサトに急に呼ばれたジサンは慌てて返事する。

「……ところでシゲサト、そのおっさん、どこの誰だか知らないが、わかっているのかい？」

「……何？」

グロウが意味深なことを言い、シゲサトは立ち去ろうとした足を止める。

「シゲサト……お前、本当は仙女の釣竿なんて欲しくないんだろ？」

「……！」

「魔帝を倒すために、そのおっさんを利用しているだけなんだろ？　随分と打算的になったじゃないか……」

「…………」

シゲサトは俯き、地面を見つめながら立ち尽くし、なぜか反論しない。

どうしたものかとジサンは少々、困ってしまう。

「まぁ、俺からすれば、おっさんのことはどうでもいいが、とにかく、今回はしっかり足止めさせてもらう……！　そう毎度、邪魔が入るものでもないぞ」

前回、引き止められた時は、ミズカが偶然現れ、グロウの実力行使は未遂に終わったのであった。

(確かに毎度、そんなに都合よく……)

「今日は湖が妙に静かだ……」

「「「っ!?」」」

突然、聞こえた妙に気障な呟きにその場にいたメンバーはその発信源の方に視線を向ける。

いつからそこに居たのか……鮮やかな橙色地に白い斑模様というややアバンギャルドなパーカーを着た中性的な青年がアンニュイな表情を浮かべ、湖の方を見つめながら腰かけていた。

「しかし、残念だ……この静かな湖畔に雑音《ノイズ》が混じっている……」

「なんだ……？」

グロウは苛立っているのか鋭い視線を送る。

(あ、あの人は……！　…………本当に誰だ……？　あれ……しかし、あの特徴的な格好。どこかで見たことあるような……)

グロウは、一瞬、詩人に気を取られるが、通りすがりの詩人だと判断したのか視線をシゲサトへと戻す。

「と、とにかくシゲサ……」

「今日は湖が妙に静かだ……」

「っ!?」

が、しかし、なぜかグロウの言葉を遮るように、先程と同じポエムを繰り返す青年にグロウはビクッと肩を揺らす。

(……好機っ!)

「行きましょう!　シゲサトくん!」

「あっ……!」

ジサンはやや強引にシゲサトの手を引き、走り出す。

「お、オーナー……!?」

「シゲサトくん、私に付いいてきてください……」

「っ!?　……オーナー……」

シゲサトはなぜかいつもより幾分、勇ましく積極的に見えるジサンの背中をぼんやりと見つめる。

「行きましょう……!」

(早く……!　釣りへ……!)

彼は早く釣りに行きたかった。

「オーナー、マナ・ナマズ……釣れないですね……」

「うむ」

ジサンが念願の釣りを始めてから、一時間ほどが経過していた。

ターゲットであるマナ・ナマズは未だ釣れていない。しかし、その間にも、いろいろな新種の魚が釣れていたため、ジサンは結構、楽しんでいた。

リアル・ファンタジーにおける釣りは比較的、シンプルである。選ぶのは竿と餌だけ。あとは水に釣竿を垂らすだけだ。魚が来ると、浮きがちゃぷちゃぷと沈む。その沈みが大きい時に糸を引けばヒットだ。その後は、糸が切れないように引き上げる必要がある。魚が強く引っ張るときはリールを巻かずに、力が抜けた時に、一気に引っ張る。これが釣りの基本となる。

しかし、まぁ、別に最悪、釣れなくてもいいんだ。ジサンはそんな風に思っていた。

ガチ釣り勢にそんなことを言えば、叱られてしまうかもしれないが、エンジョイ勢からすれば、それはいわば大自然のんびり無限ガチャだ。だから釣り糸を垂らしているだけで、すでに楽しいのだ。

水族館の淡水コーナーを充実させることができる点も彼のモチベーションの一つとなっていた。

（とはいえ、せっかくだ……）

「そろそろ、これを使ってみるか」

「はい……？」

ジサンはかつてツキハから貰った〝黄金の釣餌〟を取り出す。

「シゲサトくんもどうぞ」

「……いいんですか？」

「もちろんです」

「あ、ありがとうございます」

「マスター……！　私も……！」

下手ながら、意外と楽しんでいるサラも釣餌をねだる。

「あぁ、いいぞ」

そうして三人は釣り糸を再び垂らす。まもなくであった……

「ん……？　んんん⁉」

「し、シゲサトくん？」

「フィッ、フィイイッッシュ！　でかい！　でかいぞぉ‼」

「シゲサトくん！　焦らずじっくりだ」

「わ、わかりました！」

ちょっぴり元気のなかったシゲサトの竿が大物の当たりを予感させるしなりを示す。


＝＝＝＝＝＝＝＝＝＝＝＝＝＝＝＝＝＝＝＝＝＝＝＝＝

■マナ・ナマズ　ランクO
レベル：60
HP：1042　MP：429
AT：320　AG：344
魔法：メガ・スプラッシュ、メガ・アース
スキル：激怒、瞑想
特性：水生
＝＝＝＝＝＝＝＝＝＝＝＝＝＝＝＝＝＝＝＝＝＝＝＝＝＝＝＝＝＝

マナ・ナマズは見た目に反して、魔法主体で戦ってきたが、特殊な行動をしてくるわけでもなく、フルメンバーでランクO相手に苦戦するということはなかった。しかし、釣れたのは普通のマナ・ナマズ。釣らなくてはいけないのは、白いマナ・ナマズであった。

翌日――
「また……普通のマナ・ナマズでしたね……」
「えぇ……」

ジサンらは五匹目のマナ・ナマズをテイムする。

ちなみに今回、ジサンが使役しているのはフェアリー・スライムである。


＝＝＝＝＝＝＝＝＝＝＝＝＝＝＝＝＝＝＝＝＝＝＝＝＝＝＝＝＝＝＝＝＝

■フェアリー・スライム　ランクO＋2

レベル：90

HP：1607　　MP：523

AT：560　　AG：849

魔法：エレメント、メガ・ヒール、フェアリー・ヒール

スキル：まとわりつく、硬化タックル、妖精の歌

特性：液状

＝＝＝＝＝＝＝＝＝＝＝＝＝＝＝＝＝＝＝＝＝＝＝＝＝＝＝＝＝＝＝＝＝

フェアリー・スライムはジサンの頭の上でふにゃりとしながら、じっと水面を見つめていた。

「主《あるじ》……何かお手伝いできることはあるだろうか？」

シゲサトが使役していたモンスターが発言する。

それは龍人族の集落で、シゲサトが選択したドラゴン……ピククであった。

ジサンにとって、シゲサトがピククを選んだのは少し意外であった。それはピクク本人にとってもそうであったようだ。ジサンはその時のことを思い出す。

『え？　私ですか……？』

『はい……嫌かな？』

『い、いえ……ですが、なぜ……？　自分で言うのは悔しいですが、今回の件、ドラドやロワの方が活躍していたと思っていたので……』

『あ、えーと……その……あの時、認めてくれたのが……嬉しかったので……』

『……？』

それは男性三人というピククへの挑戦条件の中に、シゲサトを含んでくれたことであった。

ちなみにピククはドラゴンの姿をしている。シゲサトのドラグーンの便利特性により、サイズは縮小されており、現在はちょうどウナギのようなサイズ感となっている。

また、少し変わっていて、種族はドラゴニュート・ドラゴンであり、ユニークネームというものが付与されているらしく、それがピククになっているということであった。このことからドラゴニュート・ドラゴンはユニークシンボルのように一体しか存在しないわけではないものの、ユニークネームにより、色々な見た目や特性を持った種が存在することが推測できた。


＝＝＝＝＝＝＝＝＝＝＝＝＝＝＝＝＝＝＝＝＝＝＝＝＝＝＝＝＝＝＝

■ドラゴニュート・ドラゴン　ランクQ
（ユニークネーム：ピクク）

レベル：90
＝＝＝＝＝＝＝＝＝＝＝＝＝＝＝＝＝＝＝＝＝＝＝＝＝＝＝＝＝＝＝＝＝＝＝＝＝＝

なお、ピククはシゲサトにとって、初めてテイムしたランクQモンスターであった。

さらに翌日――

「また……普通のマナ・ナマズでしたね……」

「えぇ……」

ジサンらは九匹目のマナ・ナマズをテイムする。

（ん……）

そんな時、通知が届く。

＝＝＝＝＝＝＝＝＝＝＝＝＝＝＝＝＝＝＝＝＝＝＝＝＝＝＝＝＝＝＝＝＝＝＝＝＝＝

◆二〇四三年三月

魔帝：カガ

「討伐パーティ〈ウォーター・キャット〉

┣ミズカ　クラス：魔勇者
┣ユウタ　クラス：槍聖
┣キサ　クラス：ヒール・ウィザード
┗チユ　クラス：ジェネラル・ヒーラー
＝＝＝＝＝＝＝＝＝＝＝＝＝＝＝＝＝＝＝＝＝＝＝＝＝＝＝＝＝＝＝＝＝＝＝

「ミズカさん達、魔帝：カガを狙っていたんですね！　先越されちゃいましたが、無事だったみたいでよかったですね！」

同じようにメッセージを確認したシゲサトがそのように言う。

「そうですね……！」

「いい報せが届きましたし、そろそろ白マナ・ナマズ来るような気がします！」

と、シゲサトが意気込む。

「おぉおおおお！　マスター！　来ました!!　ついにサラのところにも!!」

釣りを開始して、始めてサラの竿が強くしなる。


「また……普通のマナ・ナマズでしたね……」

「えぇ……」

ジサンらは一〇四目のマナ・ナマズをテイムする。

（……）

ジサンは大丈夫であったが、シゲサト、サラは疲れの色が見え始めていた。そんな時であった。

「今日は湖が妙に静かだ……」

先日、グロウに絡まれるジサンらが抜け出す機会をくれたオレンジパーカーの青年がまたもアンニュイな表情を浮かべ、湖の方を見つめながら腰かけていた。

（あ……）

ジサンは昨日、釣りをしているうちにふと思い出していたのだ。

彼はサロマコで放置したルィを再び捜しに行った際に、現場にて、すれ違っていた人物であった。

「釣れるか……？」

「えっ？」

そんな彼がふいにジサンらに話し掛けてきた。

「ここにいるってことは魔帝：ジイニを狙っているんだろう？」

「っ⁉　あっ……はい……」

唐突な核心をつく質問に、ジサンは正直に答えてしまう。

「ちなみに、なぜジイニを狙っているんだい？」

「え……」

青年の続け様の質問に対し、シゲサトは戸惑っているように見えた。

「……その報酬が欲しいからです」

ジサンは再び正直に答える。

「なぜ仙女の釣竿が欲しいいんだい？」

「っ……」

青年は矢継ぎ早に質問を深掘りしてくる。

（……なんか……………就職活動の面接を受けている気分だ……あれ、すごく苦手なんだよな……まぁ、いいか……）

「水族館に……水生モンスターを誘致したいので……」

「……？　ちなみに、そのモンスターはテイムした奴か？」

青年はジサンの回答を十分には理解できなかったようであるが、ふと頭の上でリラックスしているフェアリー・スライムに視線を向ける。

「そうですが……」

「テイム……か………そのモンスターはとてもあなたを慕っているように見える……」

「……そうですかね。そうだと良いのですが……」

「きゅぅうううん！」

フェアリー・スライムはそうだよ！　とでも言うように一鳴きする。

「不思議なものだ……モンスターとは……なんのために生まれてきたのだろうな……」

「え……？」

「この釣竿を使ってみろ」

「えっ!?」

青年は突如、一本の釣竿をジサンに差し出す。

（……）

「だ、大丈夫ですかね……オーナー……彼、ちょっと怪しい……」

「そうですね……無茶苦茶怪しいです……ですが……悪い人ではなさそうです……」


ジサンは青年から借りた釣竿に黄金の釣餌を付け、竿を投げる。

「おっ……？　おぉおおおお!?」

まもなくして、ジサンの竿が強くしなる。

「来たぁあああ!!　白い……！　白いマナ・ナマズだぁああ!!」

シゲサトが叫ぶ。

「グロウ……まだ続けるの……？」

よくわからないポエマーにより、シゲサトに逃げられてしまった男に対し、付帯する女性……アンが声を掛ける。

「っ……！　全く……あいつはどうしてわかってくれないんだ……」

大切に思っている。少なくとも、今、彼女と同行している奴らよりは……

あんな風に逃げられて、三日が経過していた。彼らを捜してもなぜか見つからなかった。そのため、グロウは健気に湖に不審人物が近づかないように警護を続けていた。そして、その想いが通じないもどかしさに憤る。

「そうだね……私もその気持ちわかるよ……」

「っ……止めてくれよ……俺にもそれなりに罪《ざい》あ……」

グロウが何かを言いかけた時、白い服の二人組がグロウとアンの横を通ろうとする。

「急げ！」

「わーかってるよー！　でも、シゲサトがようやく来たって本当かねぇ」

「あぁ……確かな情報みたいだ。あの時の借りはしっかり返さないとな」

二人組はそんなことを話しながらグロウの目の前を通過した。

「ちょ、ちょっと待て！」

「あん？」

グロウに呼び止められ、二名は足を止める。二人組は男女のペアである。

男性の方は、頭の中心部分だけ頭髪を残し、それ以外を刈込んだ特徴的な髪型をしており、サングラスをかけている。

もう一人は短髪で細目、ガッシリとした体型のジムで身体を仕上げていそうな四〇代くらいの女性であった。

「え？　女性の方って……」

グロウとアンは特に女性の方を見て、驚く。

「何か用か？　急いでいるんだが？　ん？　赤……Ｐ・Ｏｗｅｒか……？　まずいな……」

「何がまずいのさ？」

ガッシリ女性は男性に聞き返す。

「何って今、お前が着てるのって、確か……Ｐ・Ｏｗｅｒのズケだろ？」

Ｐ・Ｏｗｅｒのズケがいる。それがグロウ、アンが驚いた理由であった。

なぜなら魔王：ガハニの討伐に関わったアーク・ヒーラーのズケはすでに退場《ゲームオーバー》しているはずだからだ。

＝＝

◆二〇四三年一月

魔王：ガハニ

「討伐パーティ〈P・Ｏｗｅｒ（K選抜）〉

├ワイプ　【死亡】　クラス：剣豪

├バウ　【死亡】　クラス：ガーディアン

├ズケ　【死亡】　クラス：アーク・ヒーラー

└シイソウ　クラス：魔女

＝＝

着ているとは何だ？　なぜこんなところに亡くなったはずのズケがいるのか……？

グロウとアンの二人はその状況に底知れぬ不気味さを覚える。

「お前が着てるのはズケ。そんで目の前にいるのはP・Ｏｗｅｒだろ？　わかるか？」

「あのさー、わかってるよ、そんなの。で、だから、それの何がまずいのさ」

「……っ！　それもそうだな……」

男性がハッとしたようにして、ズケの言葉に同意する。そして、グロウとアンを視界に入れるために首を捻る。

「っ……！」

理由は不明確であった。しかし、グロウは一歩、後ずさりする。


「無事、テイムできましたね！」

「あ、ありがとう。シゲサトくん」

「いえいえ」

ジサンはマナ・ナマズのホワイトタイプをテイムする。これは淡水コーナーの目玉になるかもしれない。ジサンはそんなことを考えていると、青年から借りていた釣竿は消滅してしまった。

（あ、あれ……？）

「でもこれで……やりましたね！」

シゲサトは笑顔で言う。

「あ、はい」

「魔帝：ジイニの出現条件。カスミガウラのレンコーン、サロマコのミミック・ホタテ、ビワコのマナ・ナマズのホワイト。三種類、テイムしました！」

「そうですね……」

「あれ？　でも肝心の魔帝：ジイニとはどうやって戦うんでしょうね？」

シゲサトは首を傾げる。

「簡単だ、お前らが捜しているジイニはここにいる」

後ろから、声が聞こえた。

(……もしやと思ったが、やはりか……)

振り返ると、そこには釣竿を貸してくれたオレンジパーカーの青年がいた。そして、青年には先程までなかった名称が表示されていた。

その名称は――〝ジイニ〟。

挑戦条件を満たしたことでボスとしてアクティベートしたようだ。

「ど、どうしましょう……」

シゲサトは眉を八の字にしてジサンに尋ねる。ジサンもそうであるが、困ったことに青年への情が多少なりとも湧いてしまっていたのだ。ジイニは公開ボスだ。故にテイムもできない。倒してしまえば消滅して終わりだ。その後、どうなるのかはわからない。

「情など不要。俺は自身の存在意義を果たしたかっただけであって、別にお前らのためじゃない」

などと、ジイニは言う。

「そんなに心配せずとも大丈夫だと思いますが……」

サラがそんなことを言う。

「所詮はデータですよ」

サラのその発言は逆効果であり、ジサンは珍しく反感を持つ。

「サラ、言わせるな」

「え……？」

「俺はお前が言うそのデータにデータ以上の何かを抱いてしまっているのはお前が一番よく知っていると思っていたのだが……」

「っっっ……！」

ジサンは熱くなったせいか、いつもより幾分長い言葉を発する。

「マスター……！　ごめんなさい……今の発言は取り消させてくださいっ！」

「あ、いや、俺の方こそすまん……」

「ど、どうします……？　オーナー……ごめんなさい……俺は……実はもう……そんなにジイニを倒さなくてもいいんです」

シゲサトは何やら申し訳なさそうにそんなことを言う。

「ま、待て……！　俺はどうなる……!?　お前らが挑まぬなら、俺は何のために生み出されたのだ!?」

「……」

（……さて、どうしたものか……ダメ元で聞いてみるか……）

［ジサン：公開ボスを消滅させずに倒す方法はあるか？］

［ルィ：二〇〇〇万カネの情報だよ］

（……二〇〇〇万カネか。それなりにするな……）

［ルィ：……なんですが、ラッキーですね！　現在、友達割引セール実施中！　今ならたったの二カ

ネ！」

（なんという極端過ぎる割引……！）


盲点であった。

ルィから提供された情報は……

［ルィ：テイム条件を満たせばいいだけだよ］

テイム条件を満たすとは、要するに戦闘の開始から終了までテイム武器を装備した状態でテイム武器により止めを刺すということだ。言われてみればテイム選択で〝いいえ〟を選択したモンスターは消滅せずに去っていくようなエフェクトになる。公開ボスは強制的に、この〝いいえ〟を選択した状態と同じになるという原理のようだ。

（さて……どうするか……）

ジサンは考える。ジイニを消滅させないということは理論上、クリア可能だ。しかし、それはリスクを伴う。魔帝という未知の領域の敵に対し、テイム武器で挑むのはそれなりにリスクが高い。

もちろん、こちらには魔帝より格上の大魔王がいるが、プレイヤーとボスでは、仕様がかなり異なることを考えると油断はできない。自身には死亡フラグ破損なる現象があり、これも有利な要素であることは間違いないが、検証が不十分であり、安全を保証するものとは言い難い。

「オーナー、やりましょう！」

シゲサトは力強く言う。

「おっ？」

「きっと俺達なら大丈夫です！」


湖上のフィールド――

フィールドの大半を円状の湖が占めている。

湖の外周は陸地となっている。また、湖上にも大人、一人が立てる程度の浮石が点々と配置されているが浮き沈みしており、居座ることは難しいようであった。

プレイヤーらの初期配置は外周の陸地となっていた。

湖の中心にはパーカーのポケットに手を突っ込んだジイニが佇んでいる。

「喜べ……俺が四魔帝最強のジイニだ……」

「え……？」

シゲサトが驚いたように声を上げる。それはジサンにとっても、少し意外であった。魔帝との戦闘条件を見る限り、別の魔帝が最強位置にいるのかと思っていたからだ。

その時、ポップアップが出現する。

【本戦闘は〝逃げる〟ことが可能です】

「まぁ、このように親切設計になっているわけだが……願わくばそうならないことを望む」

湖の中央にいるジイニとはそれなりに距離が離れており、ジイニ自身も大声を上げているわけではなかったが、フィールド内は声が通りやすくなっているのか、ジサンらの耳にその宣言はしっかりと届いていた。

「それじゃあ行くぜ……」

そうジイニが呟くとＨＰゲージが急速に充填される。

「っ⁉」

【特性：共生】

ジイニが戦闘態勢になるやいなや、ジイニの足元から巨大なモンスターが出現する。

「あ、あれは……イソギンチャク……⁉」

シゲサトがそう呟くように、その巨大なモンスターは青紫色の太い触手を大量に持ち、イソギンチャクのような姿をしていた。

「俺の相棒……アネモネだ」

ジイニはそのように巨大なモンスターを紹介する。過去にも魔王：エスタが巨大な船を召喚していたことはあったが、ジサンにとって、モンスターが別のモンスターを使用するのは初めての体験であった。

【スキル：触手】

「っ!?」

アネモネから伸びてくる触手が早速、ジサンらを襲う。湖中央にいるジイニらからはかなり離れているが、アネモネの触手の攻撃範囲は相当に広域にわたるようであった。

ジサンらはひとまずその触手による攻撃を回避する。触手の発信元と距離があることから、攻撃の進路を予想する時間的猶予があり、この地点では避けることはそれ程難しくない。しかし……

（これ……どうやって奴らに近づくんだ……）

ジイニとアネモネは湖の中央に陣取っている。つまり水上にいるわけで、ジサンやサラにとっては容易に近づくことができなかった。

「任せてください！　こういうフィールドこそ俺の本領です！」

（お……？）

シゲサトの頼もしい声が聞こえる。

シゲサトはピククに跨り、湖中央に向かって、発進する。

（……なるほど、これがドラグーンの強みの一つか……）

ドラグーンは飛行能力のあるドラグーンに乗り、戦うことができる上にボウガンによる遠距離攻撃も可能だ。そういう意味でフィールドの足場による影響をほぼ受けることなく、戦うことができた。どのような状況下においてもゲームオーバーとならないことが重要なリアル・ファンタジーにおいては非常に重要な強みであった。

「スキル：速射砲!!」

湖中央に接近したシゲサトはジイニに向けて、連射攻撃を仕掛ける。

「スキル：パトリオット・テンタクル」

「っ……！」

しかし、その攻撃はアネモネの触手により叩き落されてしまう。

通常、ボスは回避行動を取ることがないが、ジイニはアネモネにより、攻撃を阻害してきた。

「ありがとう……アネモネ……」

「のわっ！」

ジイニはアネモネへの感謝を告げながら、シゲサトに対し、水泡での攻撃を仕掛ける。

「ごめん……ピクク……」

ジイニからの攻撃があることをやや油断していたのか、ピククがその攻撃を被弾してしまう。

「いえ、こんなものはどうってことありません。私も攻撃を仕掛けます……！　スキル：インパクト・アイ！」

ピククが魔眼スキルを発動する。確かにピククの得意とする視覚スキルであれば、触手に邪魔されることはない。インパクト・アイはミテイとの戦いでも使用していた視認した相手にダメージを与えることができるスキルであった。が、しかし……

【特性：契りの守護　により攻撃は阻害されました】

「なに……？」

ジイニへのダメージは確認できず、ポップアップが出現する。

一方で、ピククのスキルにより、アネモネのHPゲージは減少していた。

（これはつまりイソギンチャクを倒さないとジイニへの攻撃はできないということか……？）

「要するにまずは側近から倒せってことだね」

シゲサトがこれまでの事象から、当面の指針を示す。

「フェアリー、シゲサトくんを援護してあげてくれ」

ジサンはフェアリー・スライムにジサンの援護を支持する。

「きゅぅううん」

［魔法：メガ：ヒール］

フェアリー・スライムの回復魔法により、ピククがジイニから受けたダメージを回復する。

（……あとは）

［魔法：フルダウン］

［アネモネの全ステータスが一段階ダウン］

「オーナー……！」

「可能な限り、援護します」

ジサンはせめてもの援護として、アネモネに対し、弱体化魔法を使用する。

「他人を援護している余裕はあるのかな……？　魔法：オーシャンズ・ファング……！」

（っ……!?）

ジイニが魔法を宣言すると、数百はくだらない色彩豊かな魚群が出現する。魚群は湖内に散らばると、外周に陣取るジサンらに向かい進行する。

（ちょ……卑怯な……この色はどう見ても海水魚だろ……！）

そして、まるで魚雷のように襲い掛かってくる。

「ふん……」

が、しかし、魚群がジサンに到達する前にサラが黒い光弾により、魚群を蹴散らしていく。

「雑魚が……マスターに触れようとはおこがましい……」

しかし、魚群も負けまいというように次々に湧いてくる。

（どうやら外周のメンバーも休ませてはくれないようだな……）

［スキル：触手］

ジサンらが魚群と奮闘している間にも、湖中央ではシゲサト・ピククとジイニ・アネモネのペアが激戦を繰り広げている。アネモネの触手による攻撃が空中のシゲサトに襲い掛かる。対抗するように、ピククも光のオーラにより作り出した触手により応戦する。

「ナイス！　ピクク！」

触手がぶつかり合う轟音と水しぶきが発生し、その光景はさながら怪獣大戦のような迫力であった。

「スキル：龍雷砲……！」

シゲサトもその様子をただ眺めているわけではない。強力な銃撃をアネモネに浴びせていく。巨体ゆえ当てることは難しくない。アネモネのＨＰは膨大ではあるが、ヒットするたび着実にダメージを蓄積している。

「っ……」

アネモネへの被ダメージに眉間にしわを寄せ、不快感を示すジイニは掌をシゲサトへと向ける。

「くらえ……！」

ジイニの掌からは十数の蒼い光弾が五月雨に発射される。

「っ……！」

が、光弾はシゲサトに到達する前に叩き落される。

シゲサトがそのヘビィ・ガンで以って、対空迎撃したのであった。ドラグーンには特性：常時迎撃により全攻撃に迎撃効果が付与されていた。

「弾幕は弾幕を以って制する……だぜ」

「くっ……」

シゲサトのちょっとした得意顔にジイニは唇を噛み締める。

「ふん……面白い……だが、こんなもんじゃねぇぞ」

「望むところだ……！」

両ペアの激しい攻撃の応酬が繰り広げられる。


「スキル：刺胞触手」

アネモネの触手が黒紫のエフェクトをまとう。

「やばい……！　毒だ！　引いて、ピクク……！」

「了解……」

「スキル：撃滅貫通砲……！」

シゲサトから放たれたレーザーのように残像を残す弾丸はアネモネからの触手を細切れにしながら直進し、そのままアネモネに突き刺さる。

「ギギィイイイイ」

アネモネのHPは残り1／6程度まで減少していた。

「……よし」

「ふん……！」

反撃とばかりにジイニが蒼い光弾を乱れ撃ちする。

「っ……！　ピクク避けて……！」

「はい……！　くぅ……！」

ピククは回避行動を起こす。しかし、間に合わず、いくつかは被弾してしまう。

「っ……」

アネモネのHPは残り僅か。あと一押しで、倒すことができるところまで来ていた。

しかし、追い詰めているはずのシゲサトの表情からは、むしろ焦りの表情が読み取れる。

「どうした……？　得意の迎撃は休暇中か？」

「!? ま、まぁね……」

ドラグーンにはデメリットがあった。ドラグーンに限った話ではない。火器を使用するクラスに共通する弱点である。それは〝弾切れ〟である。

通常は起こり得ないような軽微なデメリットであるが、魔帝という未知の領域の激しく、そして高頻度の弾幕攻撃により想像以上に弾数を消費させられてしまっていたのである。そしてこの弱点は一度、発生すると致命的な弱点になってしまう。

「まさかもう終わりか……？」

「ははは……まさかね……そんなまさか……」

シゲサトは強がってみせるが、実は先ほど使用した撃滅貫通砲により、彼の残弾は〝一〟となっていた。

「はは……！　そうだよな……！　だったら遠慮なく行くぜ！　スキル：スプラッシュ・ディフュージョン！」

「くっ……！」

ジイニが放つ蒼い光弾の弾幕がシゲサトとピククを襲う。シゲサトは迎撃を行うことができず、一発二発とシゲサト、ピククに光弾が被弾していき、共にＨＰが１／４以下になってしまう。

「し、シゲサト……！　あれは……!?」

この状況に溜まらず、ピククがシゲサトに何かを確認する。

「わ、わかってる……！」

チャンスはなくはない。しかし、この一発を外したら確実にこの対面は負けてしまう……確実に当てなくちゃ……そんなプレッシャーがシゲサトを襲う。

［スキル：刺胞触手］

「やばっ……！」

アネモネによる毒の触手が再び襲い掛かるかと思われたその時であった。

［魔法：スロウ］

［アネモネは低速化した］

「お、オーナー……！」

「シゲサト!! 今しかない！」

ピククがシゲサトを鼓舞するように叫ぶ。

「わかった……！ やろう……！」

そう決意を固めるとシゲサトはピククの背中から高く飛び跳ねる。

「何だ……？ とち狂ったか!?」

下は湖である。一度落ちれば、地獄に落ちるようなもの。故にジイニにはその行動が理解できなかった。その間、シゲサトは空中でヘビィ・ガンを構える。

「これが俺の最後の一発……！」

シゲサトが叫ぶと、ピククが姿を消す。と同時に、まるで装填されたかのようにシゲサトの持つヘビィ・ガンが強い光を放つ。

「行くぜ！　スキル：決戦龍撃砲だぁああ！」

「やばい……！　アネモネ……！」

ジイニはそのように叫ぶがアネモネはすでに攻撃スキルを使用する態勢に入り、その上、低速化状態となっており、次の行動に変更することはできない。

「うらぁあああああ‼」

シゲサトの銃口からは眩い光のドラゴンが放たれ、その全てがアネモネの全身を駆け抜けるように突き刺さる。

「ギギィイイイぃぃぃぃ………」

アネモネは激しい呻き声をあげ、次第にその動きを止める。

力を失ったアネモネはその巨体を湖面に叩きつけ、激しい波を発生させる。

「はぁ……はぁ……はぁ……」

湖に落下したシゲサトは辛うじて動かなくなったアネモネの体に上陸する。

「やった……」

シゲサトの最後の残弾は、その使役するドラゴン《ピクク》であった。

ドラグーンの切り札〝決戦龍撃砲〟は使役するドラゴンを〝弾〟として使用する。戦闘中一度切りしか使用できず、使用後は同戦闘内でドラゴンも戦えなくなるが極めて強力なスキルであった。

「ありがとう……ピクク……あとは……」

最低限の自身の役割を果たしたシゲサトは残弾もゼロ。正に満身創痍となり、アネモネが作り出した陸上に仰向けに倒れこむ。

「健闘は認めよう……」

「っ‼」

が、そんなシゲサトの元にジイニが訪れる。

「アネモネも……よくやってくれた……だが、これでお前は完全に終わりだ……」

ジイニは掌をシゲサトに向ける。

が、功労者であるシゲサトに対し、そのような行為を容易く許すはずがなかった。

二者の間に強い剣撃が振り下ろされ、ジイニは突き出していた掌を思わず下げる。

「オーナー……！」

「シゲサトくん、ありがとう。おかげで戦える……」

偶然なのか、そのように設計されているのかは不明であるが、倒れたアネモネが陸の役割となり、これまで外周に追いやられていたジサン、サラがジイニに接近可能となった。

「サラ……！　シゲサトくんはもう戦えない。守ってあげて欲しい」

「っ……！　瀕死ルールがあります！　俺はＨＰゼロになっても構いません……！」

ジサンのサラへの指示に対し、シゲサトはそのように主張する。そもそも通常の戦闘では、ＨＰがゼロとなってもパーティメンバーが全滅しない限りは死亡とはならない。残弾が無くなり、もはや役割を失ったシゲサトは確かに行動停止状態となっても問題はなかった。

「承知しました、マスター」

「えっ……!?」

「……ただし、いざとなればマスターを優先します。それが条件です」

「ありがとう……」

そう言い残すと、ジサンはジイニに突撃していく。

「なんで……？」

残されたシゲサトは合理的とは言えないジサンの指示について、不思議そうに呟く。

「……あまり戦術的な理由はないと思う。だが、マスターがそう言う以上、我はそれを尊重する。敢えて言うならば……〝強者の余裕〟というやつだ」

「っ……」


「あまり魔帝を甘く見るなよ……」

（……）

一体一の局面を作り出した状況下でジイニはそのように呟く。

「そんなつもりはないが……」

「果たしてどうだろうか……後悔するんじゃねぇぞ！　受けてみろ！」

ジイニがかざした掌から放たれる蒼い光弾群がジサンを襲う。

「っ……！」

ジサンは計算された最小限の動きで避けるというようなプレイングはできない。感覚とアジリティ頼りのいわゆる気合避けで何とか回避し、被弾を二発に抑える。

（通常攻撃でこの弾数か……っ……！　ジイニは……！　いない……!?）

弾に集中している間にジイニの姿を見失う。

［スキル：海流拳］

「っ!?　スロウ……！」

真上からジイニそのものが流星のようなエネルギーを帯び、降り注ぐ。

地面は捲《めく》れるように激しく損傷し、その攻撃を受けた際の被害を予感させる。

「……ちっ……避けるか」

（ちょ……お前の相棒だろ……！）

それが倒れたアネモネが作り出した陸地であっても容赦はないようであった。

［魔法：メガ・ヒール］

「ありがとう、フェアリー」

フェアリー・スライムの回復魔法で、光弾により受けたダメージと魔法：スロウの代償であるＨＰ１／４の消費分を回復する。しかし、魔法やスキルには使用間隔があり、回復魔法も連発は不可能である。

「まだまだこんなもんじゃねぇぞ……！　スキル：スプラッシュ・ディフュージョン!!」

まるで上空から見た台風が渦を巻くかのように蒼い弾幕の嵐がジサンを襲撃する。

「くっ……！」

ジサンは反射的に距離を取り、細かい動きや剣による叩き落としで何とか防ごうとするが、その弾圧を完全に防ぐことはできない。それでも大技を使った直後の僅かな隙を狙い、ジイニに対し、攻撃を仕掛ける。

（スキル：魔刃斬……！）

魔刃斬はシンプルに強い斬撃だ。大抵の敵はこの一撃でHPゲージを満タンから吹き飛ばすことができる。しかし……

（魔刃斬がこれしか効かないだと……!?）

ジイニに与えたダメージはせいぜい1／20程度。

【ジイニの低速状態が解除されました】

（……もうスロウの効果が解けた……？）

「やっとまともに動けるか……」

「っ……」

（これはやばいかもしれないな……………魔帝：ジイニ…………間違いなく、これまでに戦った相手の中で一番強い………）

ジサンは相対する強敵に対し、そのように感じていた。

「おらっ！」

「っ……！」

ジサンとジイニの一対一の局面は続いていた。

「魔法：オーシャンズ・ファング……！」

「くっ……」

（……魚群の攻撃か……！）

それは序盤に湖外周で受けた果てしないとも思えるほどの大魚群による攻撃であった。

（ぬぐぅ……！　この至近距離で……！　おぉおおお!!）

ジサンは迫りくる魚群を全力で叩き落す。叩き落して、叩き落して、叩き落し続ける。外から観測すれば、すでに魚群に呑み込まれているように見えるような状況でも無心で抵抗する。

「オーナー……!!」

シゲサトが思わず、叫ぶ。

時間の経過と共に、魚群は散り散りになり、群れは解体されていく。そして、内部の様子が明らかとなる。

「お、オーナー………」

ジサンは立っていた。

HPを枯らすことなく。

だが、そのHPは残り1／6程度まで減少している。現在、回復手段を用いることができる仲間はいない。

その結果を見て、ジイニは呟く。

「……ちっ、つまんねえな……」

（……!?）

「情が湧いたのか、なんか知らねえが、その舐めプレイ……」

それはジサンがテイム武器を使用していることを指していた。

（確かに……もはや限界か……）

「頑なに変えないってか!?」

（えーと……）

ジイニはせっかちであった。

「おいっ、GM！　聞いてるか!?」

その時、突如、ジイニが怒るように空《くう》に語りかけ出す。

「奴に掛かっているテイム武器の弱体化《デバフ》を消しやがれ……！　てめえらが設定した大して意味のない規定のせいで、真剣勝負《フェアであること》を阻害してんだよ……！」

「っ!?」

（……ＧＭってゲームマスターのことだよな？　そんなことが……できるわけ……）

【プレイヤー：ジサンの弱体化を本戦闘に限り無効とします】

（えぇええええ!?）

「え、えーと……」

「どうだ？　この方が楽しいだろ？」

「……あ、ありがとうございます」

ジサンはそのようにお礼を言い、改めて、ゆったりと武器を構える。

「っ……！」

ジイニは直感的に何かを感じ取る。

「おらぁっ！」

その直感を確かめるように蒼い光弾十数発をジサンに向けて放つ。

「っ……！」

そして、その直感が間違っていない確度が上昇する。

光弾は一つも命中していない。

「っ……！　急に強くなりやがって……」

ジイニは自身の行動が想像以上の変化を齎《もたら》したことに気が付く。

悔やみはしない。だが、悔しさはある。

真剣勝負を望んだことを悔やみはしない。

だが、力の差がこれ程までに逆転したことに対する悔しさはある。

「スキル：スプラッシュ・ディフュージョン!!」

魔帝：ジイニは得意の蒼い光弾を大量に巻き散らす。

「くそっ……当たらねぇ……！」

しかし、数を増やしたところで、ターゲットには着弾している様子は見られない。それどころか弾幕の合間を縫って、接近してきている。

「スキル：魔刃斬」

「ぐあっ……！」

ターゲットによる斬撃スキル一発により、HPが如実に減少する。そして、いよいよ残HPが1／5のところまで来ていた。

ジイニは自身の置かれている現状を分析する。

もう一人、同程度の力を感じる女がいる。奴はまだ十分に力を残している。

いざとなったらこの男を助けるという主旨の発言をしていたにもかかわらず、全く手を出してこな

い。こいつを信じているということか……はたまた、わかり切っていた実力差ということか……いずれにしても……この戦闘の敗戦はほぼ確定的。

だが、こいつだけは持《じ》っ《さ》ていく……！

「ここから先は誇りを懸けた戦いだ……！」

ジイニの目に力が籠る。そして自身の切り札とも言えるスキルを宣言する。

「スキル：オーシャンズ・アベンジャー!!」

「っ……！」

そのスキルの発動と共に、倒れたはずのアネモネの触手がウネウネと動き出す。

「俺の相棒はやっぱりこいつなんだよ……！」

「くっ……！」

ターゲットは焦りの表情を浮かべる。それもそのはずだ。奴が今、立っている場所はアネモネそのもの。つまり触手の包囲網から逃れることなど不可能であった。

「こいつは絶対に逃れることも防ぐこともできないぜ……！」

触手がターゲットに襲い掛かり、一矢報いる……はずだった。

「避けることも防ぐこともできないなら……倒すしかないな……」

「っ……!?」

ターゲットがぼそぼそと呟くのが聞こえたような気がした。

だが、ジイニにとって、にわかに信じられない発言ではあった。戦いは終盤とはいえ、まだ自身の

ＨＰは１／５も残っている。撃ち損じを危惧して、相当、早いタイミングでの切り札の使用に踏み切ったつもりでいたからだ。回復が前提に設定されたプレイヤーの残ＨＰ１／５とボスの残ＨＰ１／５では全く意味が異なる。この一ターンで倒せるなんてことが……

［スキル：鼠花火］

「っ……!?」

ジイニはターゲットによる一つのスキルの発動を確認する。

［スキル：陰剣］

「……？」

直後——

［スキル：陰剣］［スキル：陰剣］［スキル：陰剣］［スキル：陰剣］［スキル：陰剣］……

「っ…………!?　冗談だろ……!?　ぐぉおおおおおぉぉお!!」

魔帝：ジイニは同一のスキルの連続的な表示、および自身の身体に発生する無数の斬撃エフェクトを目撃することとなる。

ジイニに切り札があったように、ジサンにも切り札があった。

魔王：ネネとの戦闘後に習得した新スキル：鼠花火の効果は〝一定時間スキル連発可能。以降、戦闘中、魔法やスキルが使えなくなる。〃というものだ。

そして、超高速斬りのスキル：陰剣と組み合わせた。

陰剣のデメリットは使用中、防御力が激減するというものであるが、避けることも防ぐこともできない状況ならば、それはもはやデメリットにはならなかった。

ジサンは、正に捨て身の連続攻撃により、瞬間的な超火力を叩き出したのであった。

フィールドは消滅し、元のビワコの湖畔に戻ってくる。

（……お疲れ。少し休んでろ）

ジサンは奮闘したフェアリー・スライムをボックスに戻す。

シゲサトも同じようにピククを休ませる。

「悔しいが、完敗だ……」

ジイニは呟くように言う。

呟けるということはぼったくりシェルフの情報通りに事が運んだということだ。

ジイニは消失せずに済んだのだ。

戦闘前からの変化として、ジイニの表示名は再びなくなっている。どうやら現在はモンスターとしてアクティベートしていないようだ。

「ナイスファイトでしたね！　魔帝：ジイニさん！　ジイニさんのフェアプレイ精神、痺れました！」

シゲサトが屈託のない笑顔で、健闘を讃えるように語りかける。

「っ……！　舐められるのが嫌だっただけだ……ちっ……次は負けねぇ……」

ジイニは悔しそうに応える。

（……ゲーム的に次なんてあるのだろうか？）

「ところでジイニさんはこの後、どうするんですか？」

「えっ、いや……特に行く当てもねえな…………戦うために生まれてきた俺が生き残っちまった……その後の使命なんてもんもない……どうしたものか……」

「そうですか……」

シゲサトは困ったように眉を八の字にする。消滅を阻止したもののその後のことまで考えてはいなかったのだ。

（…………あっ）

そんな時、ジサンはふと思いついた。

6章　ドラグーンさん、旅の終わりに

「オーナー！　これ……報酬の〝仙女の釣竿〟です！」

魔帝：ジイニの討伐報酬は〝仙女の釣竿×4〟である。今回、MVPであったシゲサトが四本の報酬のうち、三本をジサンに寄越す。

「えっ？　こんなに？」

一本はジサン、もう一本はサラ用として、一本余る。

「オーナーが受け取ってください。俺の周りには仙女の釣竿が欲しい人はいなそうなので……あ、そうだ。黄金の釣餌をくれたツキハさんに渡してはどうでしょう？」

「え？　そうですね……わかりました。そうします」

「はい！」

シゲサトはニコリと微笑む。

（よし……）

ジサンは早速、仙女の釣竿を具現化《ポップ》してみる。現物を拝みたかったのである。

（おー、ピカピカだ……）

ジサンは愛おしい者にするかのように竿を撫でる。

（お、これはジイニが戦闘前に渡してくれた釣竿と同じデザインだな……）

ジサンが仙女の釣竿を愛でていると、通知がポップする。魔帝討伐の通知だ。

＝＝＝＝＝＝＝＝＝＝＝＝＝＝＝＝＝＝＝＝＝＝＝＝＝＝＝＝＝＝＝＝＝＝＝＝＝

◆二〇四三年三月

魔帝：ジイニ

┗討伐パーティ〈ああああ〉

┣シゲサト　クラス：ドラグーン

┗匿名希望　クラス：アングラ・ナイト

＝＝＝＝＝＝＝＝＝＝＝＝＝＝＝＝＝＝＝＝＝＝＝＝＝＝＝＝＝＝＝＝＝＝＝＝＝

（……またサラは離脱したのか）

「あれ？　サラちゃんは？」

早速、シゲサトが反応する。

「知らなかったか？　我は極度の恥ずかしがり屋だ。なので、勝利寸前で離脱した。ジイニには離脱許可権限があったからな」

「な、なるほど……って、恥ずかしがり屋？」

サラはいつものゴリ押し理論で堂々と言い訳するが、シゲサトはサラのどこが恥ずかしがり屋なのだろう？　と普段の言動との乖離を疑問に思うのであった。

ジサンも考える。魔王ランクのボス：タケルタケシの報酬として特殊クラス：魔王が解禁されているから、以前よりは不審に思われないだろうが、それにしても大魔王は確かに目立つ。そのことを考えると、少々、複雑な気持ちになる。

（……）

と同時に、複雑になるのは一緒にリストに掲載されたかったからなのだろうか？　と、以前の自身の考え方と多少の変化が起きていることに不思議な感覚になる。戸惑い半分と、残りは温かい何かが混ざり合った感覚だ。

「……ナー」

（……ん？）

ジサンはサラのことを悶々と考えていると、今度はシゲサトに呼びかけられていたことに気付く。

「オーナー……俺……実はオーナーに謝らないといけないことが……」

（……）

「って、あれ？　メッセージだ。何だろ」

シゲサトが何かを言いかけたその時、シゲサトの元に一通のメッセージが届く。

「えっ？　アンちゃんから？」

（グロウさんと一緒にいた眼鏡の子か……）

「み、見てもいいですか？」

シゲサトは少し焦ったような表情でジサンに許可を取る。

「どうぞ」

【アン：さとたすけておねがい】

「うわぁあああ」

グロウは情けない声をあげ、尻餅をつく。

彼の残りの命の灯とも言えるＨＰゲージは１／４程度の値を示す。

ウルトマと表示された白いウェットスーツのような姿に、サングラスを付けた男性の腕から放たれた帯状の光線によるダメージによるものだ。

「一体、何なんだ……!?」

グロウは追い打ちをかけるように目の前に仁王立ちする男に対し、現状のあらゆる不可思議、理不尽、恐怖に対する疑問を投げかける。

「何なんだと言われてもな～」

ウルトマと表示された男は頭を掻く。グロウにとって、もっとも頭を悩ませる現象の一つがその表示名であった。プレイヤーには本来、プレイヤー名は表示されない。それが表示されていることが、その男、ウルトマの言う〝プレイヤーのモンスター化〟という現象が事実であることを示唆している。

グロウを悩ませる現象は他にもある。それが現在、謎のフィールドに閉じ込められているということだ。それは特定の空間、いわゆるボス部屋に留まらないタイプのボスに挑戦した際に、展開されるフィールドに類似していた。この現象も相対する敵のモンスター化の事実を後押しすると共に、外部への逃走を困難にしていた。

そしてモンスター化が事実であるならば、認め難い、いや認めたくない彼らの発言も事実となる。

〝モンスターに狩られたら普通にゲームオーバーでしょ。〟

その言葉が頭の中に想起し、グロウの中で急激に恐怖が増大する。

「きゃぁあああ！」

グロウから少し離れたところでは、彼の仲間である眼鏡の少女、アンも同じように追い詰められている。アンの相手は、魔王を初めて討ち取ったＰ・Ｏｗｅｒの精鋭、アーク・ヒーラーのズケの姿をしている。筋肉質な四十代くらいの女性であった彼女はＰ・Ｏｗｅｒ史上初めて、魔王ランクのボス：ガハニを討伐した。しかし、しばらくした後に何者かの襲撃に遭い、死亡しているはずのプレイヤーでもある。その襲撃により、三名のメンバーが犠牲になった。

だが、そのズケには、ズケではなく〝パンマ〟という名称が表示されている。

そして、ヒーラーであるにもかかわらず、好戦的な戦いを仕掛けてくる。

「うーん、君、なかなか可愛いね。貰っちゃおうかな」

「っっっ……！」

ズケの姿をしたパンマはそんなことを呟きながらアンに微笑みかける。

アンの顔は恐怖で引き攣る。

「あの……流石に殺したりはしないですよね？」

グロウは、お伺いを立てるような口調で目の前の男に語り掛ける。

「ん？　普通に殺すよ？」

「っ……！　な、何で⁉　俺達が何をしたっていうんだ⁉」

「あえて言うなら、着ぐるみに気付いちまったことかな」

「っ……！」

着ぐるみとはズケのことであろうか。つまり口封じであると、グロウは考えた。

「でもまぁ、そうでなくても……俺達、割とカジュアルにやっちゃうので」

ウルトマはサングラスにより表情の全容を確認することはできないが、その口元は歯をチラつかせ、口角が吊り上がっていることから、ニカっと爽やかな笑顔であることを窺わせる。

「えーと、それじゃ、俺達、シゲサトを追わなきゃいけないので」

「っっ……！」

その言葉は、この現場をまもなくクロージングする意図であることを汲み取るには十分であった。

やばいやばいやばいやばいやばいやばい……！

グロウはいよいよもって、生命への危機感が最高潮に達する。

何か手立ては？　助けを求める？　誰に……？

……シゲ……サト？

そうだ、シゲサトに助けを……！

グロウはあたふたとメニューを出し、メッセージを作成しようとする。

「おいおい……それは意味ないぜ？」

「っ……！」

「プレイヤーは俺達の生み出したフィールドに外部から侵入できない。あとな、遅すぎだ。やるならもっと早くにすべきだった」

ウルトマは対象の愚策を憐れむように語り出す。

「そして、お前、まさかシゲサトに助けを求めようとしてないか？」

「っっ……！」

「戦いが始まった時、シゲサトを守るんだーだの何だの、息巻いていたような気もするが……気のせいだったかな？」

ウルトマは今度は悪戯にニヤリと笑ってみせる。

「う、うわぁあああああああ!!」

恐怖に加え、誇りをズタズタに引き裂かれたグロウは我を忘れたのか、這いずるように逃走を図ろうとする。

「あははは！　いいぞ！　無様に足掻け！　その方が面白い！　……なんだけど」

「っっっっ！」

「急いでるんだわ……」

「っ――」

ウルトマは腕を交差し、構える。

「やめてぇえええええ！」


「はっ、これはまぁ……確かに面白い」


「「「っっ……!?」」」

四人は驚く。

唐突な第三者の声が響き渡る。

四人がその方向に向き直ると、ドーム状の空間の境界面に、脚をぶらぶらさせながら腰かける褐色の少女が笑みを浮かべながら座っていた。

この時、とりわけ驚いたのは、むしろウルトマとパンマの方であっただろう。その少女には見覚えがあった。サロマコにて、シゲサトらと一緒にいた少女であった。

それよりも彼らを驚かせたのは、彼女がここにいること。

このフィールドにはプレイヤーは侵入できないはずであるからだ。だが、その疑問はすぐに解消される。その少女にはモンスター名称〝サラ〟が表示されている。

この時、モンスター化していたウルトマとパンマは本能的に察する。

狩る立場から狩られる立場へと変わったことを。

「ねぇねぇ、逃げないでよ、お嬢さん」

ズケの姿をした人物が余裕ありげに自身との距離を詰めてくる。

ダメだ……力の差があり過ぎる。それに何で名称が表示されているの？

名称が表示されるのは……〝モンスター〟の証だ。グロウよりも遥かに早く、その男を一途に思う眼鏡の少女〝アン〟は、生命の危機を感じていた。

このままじゃグロウが……

人にはそれぞれ行動原理、すなわち行動の優先順位がある。グロウにとっての最優先事項――少なくとも志は、シゲサトを守ることが最優先であったのと同じように、アンにとっての最優先事項はグロウを守ることであった。それが仮に、可能な限り尊重してきた守る対象の最優先事項を無碍にするものであったとしてもだ。

アンは逃走を図りながらもメニューを開き、懸命にメッセージを打ち込む。

「助けを求めてるのかな？　無駄なんだけどなぁ……」

うるさいっ――

「さとたすけておねがい」

相手の言葉など聞き入れずがむしゃらに書きなぐったＳＯＳが彼女の運命を変える。

「た、大変だ……！　行かなきゃ！」

「えっ？」

誰かからのメッセージを見たシゲサトはにわかに慌てだす。

「ど、どうしたんですか？」

「え、えーと、アンちゃんからこれが……！」

シゲサトはジサンにメッセージウィンドウを見せる。

「な、なんと……！」

「ごめんなさい、オーナー、また後で！」

シゲサトは駆け出す。何が何だかわからなかったが、プライドの高いアンからこんなメッセージが来るなんてよっぽどのことであることはすぐにわかった。

アン達がどこにいるかは定かではなかったが、とにかく前に彼らと遭遇した場所を目指す。

「って、え？　オーナー？」

シゲサトは一人で捜すつもりであったが、ジサンも付いてきていた。

「お、オーナーは……オーナーを巻き込むわけには……」

「……まだパーティは解散していませんよ」

「っ……！　あ、ありがとうございます……」

シゲサトにとってその言葉は心強く、そして何より嬉しかった。


「この辺の……はず……！　……なんだけど」

全速力で駆け抜けてきたシゲサトは足を止める。

アンからの第二報は、場所《ポイント》を示していた。

その場所はビワコに来た時に彼らと遭遇した場所とそう離れてはおらず、結果的にシゲサトの最初の勘が的中しており、ほとんど最短時間でそこへ辿り着くことができた。しかし……

「いない……」

「そ、そうですね……」

シゲサトの言う通り、指定された場所に来たはずなのに、アン達の姿は見当たらない。

「もしかして、もう……」

シゲサトは不安そうな顔をする。

「モンスターの固有フィールドの気配があるな……」

「えっ？」

それまであまり干渉しない様子であったサラが発した言葉にシゲサトは不思議そうな顔をする。

「モンスターのフィールド？　入れるのか？」

「いえ、マスター……モンスターの固有フィールドに外部のプレイヤーは入ることはできません」

「プレイヤーは入れない……か」

「どうしよう……！　その中にグロウくんとアンちゃんが……？　二人が死んじゃう……」

シゲサトは絶望の表情を見せる。

（……）

あんな関係でもシゲサトくんにとっては友達だったのであろうか……

ジサンは何かを考えるように俯く。

このフィールドには外部のプレイヤーは入れない。それはつまりモンスターとしてのサラなら入れるということだ。

だが、そうすれば、よく知らない二人のためにサラを危険に晒すことになる。

サラの実力は信頼している。だが、信頼と心配は両立する。

中にいるのが魔神であったらどうする？

「マスター……私、行きます」

「えっ？」

それはジサンにとって、非常に意外な申し出であった。

「だ、だが、サラ……もし俺に気を使っているなら……」

「それもあります。マスターはお人好しですからね。だけど、それだけじゃないんです」

「……？」

「サラは行きたいのです。初めてマスター以外の人間を……恥ずかしながら少しだけ気に入ってしまったのです……」

サラはそう言って、一瞬だけシゲサトの方に視線を送る。

シゲサトはやきもきしているようでこちらには気付いていない。

「サラ……」

サラは少し恥ずかしそうに頬を染めながらもジサンのことを見つめている。

「それは友達ってやつかもしれないな……」

「えっ？　あ、あの友達ですかっ？　確かにデータアーカイブにそのような単語は定義されていますが……」

「恐らくな。俺にもいないからわからんが……」

（幼少期にはいたのかもしれないが……）

「ふふ、この定義ですと、マスターにもいるんじゃありませんか？」

「えっ……？　そ、そうかな……」

ジサンは頭を掻く。確かにゲーム開始から二年間機能していなかったフレンドリストにはいつの間にかNPCを除き、三人の名前がある。

「……頼む。サラ」

「はい！　マスター！」

サラは目を細めて笑ってみせる。

◉

「……」

アンは言葉を失う。

現れたのはシゲサトではなかった。

だが、その特徴的な容姿は確かに見覚えがあった。シゲサトと共にいた二人のうちの一人。角のコスチュームを付けた少女であった。

そして、その少女が〝サラ〟という名前であることが文字情報として強く印象付けられる。

「お、お前……何者だ？」

当然の疑問だ。

ウルトマという男性は焦りの表情と共にその少女に問い掛ける。

「見てわからぬか？　ここに書いてあるだろ？」

そう言いながら褐色の少女は自身の表記名を指差す。

「お前、モンスターだったのか⁉」

「主らがその問いを投げかけるのは少々、滑稽であるように思えるが？　しかし、我の記憶の限り、主はプレイヤーであったと思うが、同類であったか？」

「っ……！」

「まぁ、どうでもいい。我はここに愉快な談笑をしに来たわけではない。離れている時間は極力、短いに越したことはないのだから」

ウルトマはその言葉の細かい意図はわからなかったが、早々にけりをつけるつもりであるニュアンスは読み取れた。そして、その通りに彼女は速やかに行動に移行する。

「スキル：支配」

「っ……！　な、何だこれ……」

「体が……勝手に……」

それぞれグロウとアンを追い詰めていたウルトマとパンマはカクカクと不自然な動きをしながら、ターゲットから離れるようにフィールドの中心部へ誘われる。

「グロウ！」

アンは急いで半放心状態で尻餅をつくグロウの元へ駆け寄る。

この時点で、このサラというモンスターが自身らを助けに来てくれたのではないかという希望的観測の確度が高いと認識できた。

「思ったより抵抗されるが、雑魚にはよく効くな」

サラは嘲《あざけ》るように笑みを浮かべながら、そんなことを言う。

「さてさて、もう少し踊ってもらおうか？　……魔法：〃レイン・レイ〃」

「っっっ……！」

モンスターとしてのサラは現時点ではプレイアブルモードでは解放されていない魔法やスキルを使用することができる。

サラの周囲には無数の淡い水色の発光体が漂い始める。発光体はやや不規則な動きで周回している。そして、その発光体の一つ一つからはまるで予告線であるかのように白い線が真っ直ぐに伸び、無数の線の重なりは美しくすらある。

「ま、まじかよ……」

だが、その線が指し示す領域範囲内にいる者からすれば、それは死刑宣告に等しく。

雨のような光の線は二匹の哀れなモンスターに襲い掛かる。


サラがモンスターの固有フィールドへ向かった頃――

「オーナー……もしかしてサラちゃんって……」

モンスターなんじゃないか……

シゲサトの続く言葉はそれだろう。

「……」

サラはずっと隠してきたその事実を本意ではないにせよ、明かした形である。

「……そうなんだ」

「あはは……道理で可愛いわけだよ！　納得！」

そのカミングアウトに対してシゲサトの表情は逆に安心したように弛緩する。

「えっ？」

「あの可愛さは……ちょっと卑怯だよね」

「そ、そうか……？」

「うんうん」

シゲサトは目を細めて、ジサンに微笑み掛ける。

「……ありがとう……サラちゃん……」

そして、祈るように目を瞑る。

その時であった。

シゲサトの体に激しい斬撃エフェクトが発生する。

「えっ？」

シゲサトは何が起こったのかわからない様子で目を見開いているが、為すすべなく、そのHPゲージは一瞬にして消し飛ぶ。

迂闊であった。ジイニとの戦闘直後、アンからのSOSメッセージが来たことで、シゲサトは減少していたHPを回復することを失念していたのだ。シゲサトはその場に崩れ落ちるように倒れ込む。

「シゲサトくんっ……！」

ジサンは慌てて、倒れ込むシゲサトに駆け寄る。そして状況把握に努める。

シゲサトは意識を失っているようであったが、胸部は前後にゆっくりと動いている。

(この状態は……大丈夫……死んではいない)

それはいわゆる〝行動停止〟状態であった。

ジサンはかつてその状態であったツキハを担いで移動させたことがある。プレイヤー間の攻撃により、HPがゼロになった場合、プレイヤーは三〇分間の行動停止状態となる。

「っ……」

そして改めて……ジサンは立ち上がり、そして、まるで待っていたかのように二本の剣を肩に置くような体勢で立っていたその出来事の発生源たる人物を見つめる。

「どーも！　初めましてー、アングラ・ナイトさん」

「っ……!?」

その人物は意気揚々とそんなことを言う。ジサンはその人物に皆目見当がつかなかった。

全体的に白い装備を身に纏い、短い短剣を両手に持っている。そして、特徴的なウサギのような耳のついた中性的な顔をした人物であった。自身のことをアングラ・ナイトであると知っていることを不思議に思いつつも、その人物の許し難い蛮行についてジサンは尋ねる。

「どういうつもりだ……?」

「へぇ～、こんな冴えない感じなんだね～、ちょっと意外～。でもあの人もそんな感じだし、人は見かけによらぬものだね！」

その人物は余裕ありげにヘラヘラした様子で語る。

「シゲサトくんのことは悪かったね。君と戦ってみたくて、ついやっちゃいました！　えーと、初めまして、僕は名もなき〝ウサギ〟です。普段は、昨今、ちょっとトレンドになっている上位プレイヤー狩りなんかをしています」

「っ……！」

(例のプレイヤー狩りか……やはり追ってきていたのか……ツキハさんからの情報によると、かなりの強敵……)

〝とりあえずこいつを何とかしなくちゃいけない。あとこいつはテイムできない〟

理由や過程をすっ飛ばし、ジサンはひとまず正しい解を導き出すことに成功する。

ジサンはテイム武器から通常武器に切り替える。

「はぁ～～、君に巡り会えて嬉しいです」

(……？)

ウサギは恍惚の表情を浮かべる。

「君なら僕をキルしてくれるかな？」

「っ……!?」

「驚くことはないさ！　モンスターは殺されるために生きているのだから……！」

そう言いながら、ウサギは猛スピードでジサンとの間合いを詰める。

「ほれ！　ほれ！　ほれっ！」

ウサギは両手に持つ双剣でもって、五月雨に攻撃を仕掛ける。

「っ……！」

ジサンはそれを後退しつつ、回避する。

しかし、ウサギは攻撃の手を緩めず、更に速く、鋭く、乱れるように攻撃を繰り返す。

（うおっ……！　…………お？）

「ほれっ、ほれっ、ほぉれっ!!」

（…………あ、あれ？）

「…………っ」

両者共に、若干の違和感を覚え始める。

全力というわけではない。しかし、手を抜いているわけでもない。

しかし、二桁は間違いなく繰り出したウサギの攻撃が全く当たっていなかった。

（……確かに速い…………しかし……ジイニと比べると……）

「おらっ、おらっ、うぉらっ!!」

余裕ありげだったウサギの掛け声が語気の強いものへと変化していく。

（……えーと）

ジサンは何か裏があるのではないかと思いつつ、恐る恐るウサギへの反撃の通常攻撃を加えようとする。

「っっ……!?」

［スキル：脱兎］

（お……？）

ジサンの攻撃は空を斬り、ウサギは十メートル程、離れたところに後退していた。

（今のは速かったな……最初のは、気のせいだったか……さて……気を引き締めて……）

「っっっ⁉」

ジサンは追撃を掛けようと構えたその時、空間が割れるようなエフェクトが発生する。

（っ⁉）

「……え？　まさか……ウルトマとパンマが？」

ウサギは口走るように言う。

（え……？）

そして、サラがワープするようなエフェクトと共に出現する。

「ま、マスター！　これは……⁉」

サラはマスターに褒めてもらえると上機嫌に出てきたのであったが、そういう雰囲気ではないことをすぐに察する。

「大丈夫だ。それより無事だったみたいでよかった」

「マスター……」

「う、うーんと……邪魔が入っちゃったか～……な、なら、今日はこのくらいで……」

「何じゃ、この者は……」

「サラ、待て、今はシゲサトくんの安全が第一だ」

「………はい」

「さらばだ……」

ウサギは去り際に何か言い残すかと思いきや、案外、あっさりと去って行ってしまった。


「失敗しやがって……この役立たずが!!」

「……す、すみませんでした……」

ゲーム開始以降、一般の車両は消滅し、誰も利用することがなくなった薄暗い地下駐車場跡地にて、不甲斐なく失敗をし、叱責されるウルトマがウサギに対し、許しを請う。

「いや、今日はそう簡単には許さないぞ……」

「くっ……!」

ウルトマは唇を噛み締める。

「おやおや、どうしたのです？　ウサギさん……いつもの余裕がまるでないじゃない？」

「っ……!?」

その時、別の声が割り込む。

「ヒロ……」

緑のおじさんが猫耳の少女と共に現れる。

「いやぁ、すまないね。サロマコから来るのに時間が掛かってしまってね」

「変な奴に邪魔されたニャ！」

「そうか……残念だったな……」

「でも、実は、君とアングラ・ナイトとの戦いは拝見させてもらったよ」

「っ……!!」

「戦ってみた感じ、どうだったかい？」

「ま、まぁまぁ……だな……」

「ふふ……そうかい……通常攻撃に緊急回避スキルを使用するとは随分といいサービスだね」

「そ、それは……」

「ところで君、キルしてくれる相手を探しているんじゃなかったの？　ほら、いつも言ってたじゃない？　その人なら、僕をキルしてくれるかな……って！　その割に引き際が潔かったんじゃない？」

「っ……！」

「あっ、もしかして……ファッション狂人？」

「っっっ!!」

ウサギは明らかに顔を曇らせる。

「た、確かに奴の底知れぬプレッシャーは今まで感じたことがなかったのは事実だ……だが、僕はまだモンスター化を使っていなかった」

「うーん……確かにそうだね……！」

ヒロは穏やかな表情でその言い訳を受け入れる。

「でも、まぁ、ウルトマくんとパンマが不甲斐なく失敗したのは確かだ……」

「えっ⁉」

自分から逸れていた責任問題が再び掘り起こされ、ウルトマは動揺の表情を見せる。

「というわけで……パンマには死んでもらおうか」

「へっ？」

失敗はしていたものの別に叱られるだけだろうと、能天気にぼんやりしていたパンマに突如、火の粉が降りかかった。


「……お、オーナー？」

ビワコ近くの宿の一室にて、ベッドで眠っていたシゲサトは目を覚ます。

「おっ、大丈夫ですか？」

ジサンもそれに気づき、声を掛ける。

「あ……えーっと、俺……」

「ふん、マスターに感謝するんだな」

「サラちゃん………はっ！　グロウくんとアンちゃんは⁉」

目覚めで頭が回っていなかったシゲサトは意識を失う直前の出来事を思い出す。

「大丈夫だ。ちゃんとサラが助けた」

「ほっ……本当ですか？　よ、よかったです」

シゲサトは心底安心した顔を見せる。

「あ、あれ？　二人は……？」

「今はシゲサトに合わせる顔がないとかなんとか言って、去っていきおったわ」

グロウは去り際にサラとジサンに対し、謝罪と感謝を告げていったため、ジサンは根は悪い人じゃないんだろうなと思った。

そして、〝ステルス・ストーカー〟という魔具を寄越してきた。詫びと自身への自戒のためと半ば強引に渡してきた。その魔具により、フレンドであるシゲサトの場所を特定できたらしい。ジサンはフレンドが少ないのでこれをシゲサトにあげようと決意する。

そして最後に〝俺は俺のやり方でシゲサトを諦めない〟というよくわからないが、格好いい言葉を残していったことはシゲサトには黙っておくことにした。

「オーナー、サラちゃん、助けてくれてありがとうございます。それと迷惑を掛けてしまって本当にごめんなさい……」

「とんでもない。皆、何事もなくてよかったです」

シゲサトはそれを聞き、ほっとしたような顔を見せる。

「…………そうだ……もう一つ、謝らなくちゃいけないこと、あるんだ……」

（……）

アンのSOSが来る直前、シゲサトは謝ることがあると言っていたのだ。

あの時言おうとしていたことが何なのか、ジサンも少し気になっていた。

「オーナー……ごめんなさい。俺、本当は仙女の釣竿……そんなに欲しくなかったんです」

（……）

「いや、欲しくなかったわけじゃないです。むしろとても欲しかったです。それは間違いありません。でも、その裏にはもっと違う目的があったんです。俺はそれを黙っていました」

シゲサトは眉を八の字にして、しょんぼりするように語る。

「オーナーは自分の欲しいアイテム以外の条件は見ない方ですか？」

「え……？」

「魔帝：リバド……その出現条件は、魔王：エスタがそうであったように、別の魔帝を倒すこと……だったんです。だから……リバドを倒すために誰でもいいから魔帝の討伐が必要だったんです」

（魔帝：リバド……その報酬は〝魔具：雌雄転換〟。その効果は使用者の性転換……）

「でも俺は魔王：エデンにソロで挑んだ時、本当にギリギリで……死ぬかと思いました。だから、魔帝討伐を一人で成し遂げる自信がなかったし、実際にジイニと戦ってみて……きっと一人で勝つことはできなかったと感じました。だから……騙すような形に……いや、騙していて本当にごめんなさい」

シゲサトは目をぎゅっと瞑り、深々と頭を下げる。

「………知ってましたよ」

「え？」

ジサンの予想外の回答にシゲサトは目を丸くする。

「私も一応、他の魔帝の条件くらい見ていました。知っていたというのは正確ではないですね。そうなんじゃないかなと思っていたというのが正しいかもしれないです」

「……」

「えーと、なので……リバドを倒したいシゲサトくんを利用していたのは私の方でした……ということで……」

「っ……!?」

それはシゲサトにとって、世界一優しい黒幕宣言であった。

シゲサトはまるで心臓を握られているかのような気分になり、シゲサトの彼に対する思いがまた更新されたことを実感する。

「えーと、それじゃあ、改めて……リバド、行きましょうか？」

「いえ、もう要らないんです」

「え？」

「俺はもうジイニを無理に倒さなくていいって言いましたよね？　それってつまり、もうリバドを倒さなくてもいいって意味でもあったんです」

「ど、どうしてかな？」

てっきりシゲサトは名実共に男性になりたいのだろうとジサンは思っていたが……

「龍人の森での夜のこと、覚えていますか？」

「……はい」

「夜っ？」

黙って聞いていたサラが少々、反応する。

「よかったです。俺はオーナーに聞いたんです。男性と女性、どちらが好きかって……オーナーは答えてくれました。〝女性〟だって」

「……えぇ」

「オーナーが女性を好むなら、この女性の身体のままでいいって思ったんです。本質的には身体の性別なんてどっちだっていいって……！」

（え？　それってどういう……）

「つまり……きっと、俺はオーナーのことが好きです」

シゲサトは真っ赤な顔で、眉を八の字にして、目を逸らすようにしながら……けれども、聞き間違う余地がない程に、はっきりと言う。

（……！）

それはジサンが人生で初めて直接告げられた本当の好意であった。

　えっ……シゲサトくんって心は男だったんだよな？　サラの身体を見て、多少は興奮する的なことを言っていたし、てっきり女性の方が恋愛対象なのだと思っていたが……

　って、ことはあれか？　同性愛的なあれか？　いや、一周回って、もはやノーマルになってる？

　えっ？　えっ？　えっ？　えっ？

「あぁああああああ！　こやつ、言いおった!!　言いおったぞぉおお！」

「へ……？」

「こやつを一瞬でも友と思った我は愚かであった。主はあれだ！　友などではない……！　好《こう》て
……………っ！」

　き手……と言う手前でサラは思いとどまり、なぜか赤くなる。

　あれ？　それを宣言するのって、つまり間接的告白なんじゃゃ？　告白……告白!!　それってつまり
……ケッコン!?

「……はわわわ」

　急に機能停止したサラはそっとしておいてジサンはシゲサトに訊く。

「え、えーと、それはつまり交際したいってこと……なんでしょうか？」

「え!?　あ、はい。できれば……」

「……ごめんなさい……私はシゲサト君のことを男性として見ていたので……急には……」

「……!!」

　シゲサトは一瞬、切なそうな顔を見せる。

だが……すぐに前向きな表情に変わる。

「いえ、それがきっと俺がオーナーに惹かれた理由ですから」

「……」

「ありがとうございます！　でも〝急には〟ってことは可能性ありってことですよね？」

（え……？　年齢とか色々怪しいが大丈夫か……？）

「諦めないのって漢らしくないですかね……？」

「…………潔く諦めるだけが漢らしさじゃない……とは思います」

ジサンはすぐに諦めてばかり来た過去の自分が漢らしいとはとても思えなかった。

「……っ！　やっぱりオーナーって格好いいです！」

（え……!?）

「なら、諦めませんよ？　きっと捕まえてみせます！」

「っ……！　私はドラゴンじゃありませんよ？」

「いいんですよ！　ドラゴンより興味深い生物《ひと》を見つけましたからっ！」

シゲサトはちょっぴり強がって、だけど、めいっぱい目を細めて微笑む。

エピローグ　館長

シゲサトとの出来事があった翌日、ジサンは牧場に戻っていた。

そして、向かう先は水族館である。

辛辣なコメントを受け、★2評価となってしまった水族館。

ジサンはなんとかしなければと思っているものの具体的な策は思い浮かんでいなかった。そんな重い足取りの中、水族館に入場する。

「おー、ようやく来たか……」

「!?」

入るや否や、見知らぬ人物に話し掛けられる。

いや、見知らぬというのは誤りだ。

そこにいたのは鮮やかな橙色《オレンジ》地に白い斑《まだら》模様というややアバンギャルドなパーカーを着た中性的な青年であった。

「じ、ジイニ?」

「あ？　何、腑抜けた声出してんだ？　誘ったのはお前だろ?」

「……」

確かにそうであった。ジイニとの戦いの後、血迷ったジサンは行く当てがないといったジイニを水族館へと誘致したのであった。ジイニはその場ではYESとは言わなかったため、まさか来てくれるとは思っていなかったのであった。

「見ての通り、俺は大海の加護を持つ魔帝だ。損はさせねえ。俺をスタッフとして雇え！」

「……！」

（えーと……）

＝＝＝＝＝＝＝＝＝＝＝＝＝＝＝＝＝＝＝＝＝＝＝＝＝＝＝＝＝＝

【アクアリウム】

アクアリウムレベル：5　場所：カワサキ

オーナー：ジサン　館長：ジイニ　スタッフレベル：63

入館料：一〇〇カネ（プレオープン）

評判：★★☆☆☆（5）

施設：小型水槽群、淡水コーナー、陸あり水槽、大型水槽

＝＝＝＝＝＝＝＝＝＝＝＝＝＝＝＝＝＝＝＝＝＝＝＝＝＝＝＝＝＝

（スタッフレベル63!?　まじか？）

「え？　館長？」

ジイニもまさか館長に指定されるとは思っていなかったのか虚を突かれたような表情をしている。

しかし、驚いたのはジサンの方であった。ジイニを館長に指定した瞬間、スタッフレベルが3から63に上昇したからである。

「ジサン、なかなかいいセンスしてるじゃねえか！」

「あっ！　お前、マスターに向かって！　っ……！」

ジサンを呼び捨てにしたジイニにサラが憤慨するが、ジサンはそれを制止する。

「ふん……面白い……俺が館長になったからには、水族館のキャストは必ず幸せにしてみせる……！」

ジイニの少し過剰な自信とも思える堂々とした発言はジサンにはとても心強かった。

《了》

あとがき

この度は「ダンジョンおじさん2」を手に取っていただき、誠に有難うございます。二度目の後書きをこうして綴れていることをとても嬉しく思っています。

早速、いや、いきなりではありますが、実は著者個人として二巻をご購入いただいた方へ心ばかりの特典をご用意しております。こちらの専用URLより、ご覧いただけます。

https://reafan.net/d2

ダンジョンおじさん【ゼロ】的な物語です。一時的にWEB上に一般公開しておりましたが、今は、公開停止しており、こちらでしかご覧いただけない内容となっています。本文も変更している箇所があるので、一度、お読みいただいた方も差支えなければ再度、お読みいただけると幸いです。なお、本件は一二三書房様に許可はいただいていますが、著者個人で勝手に企画している特典ですので、永続的な公開はお約束できません。あしからずご了承ください。

話は変わりますが、ダンジョンおじさんはWEB発の作品です。二巻では一巻よりWEB版との差異が大きくなっております。

書籍とWEBはランダム要素の異なる（別乱数の）世界だと思っていただけると理解しやすいかも

しれません。登場するキャラクターの性格等に変化はありませんが、ゲーム側のイベントやボス、ドロップアイテム、ルールなどに変化があり、それによりキャラクターの行動も少しずつ変化していきます。

その一つが二巻でサブテーマとなっている水族館です。ＷＥＢ版では福引券で入手したのはアクアリウムですが、書籍版ではアクアリウム〝Ｃ〟となっています。ＷＥＢ版では、カスタマイズや一般公開の要素はありません。水族館のエピソードは二巻では導入部分のみでしたが、もし幸運にも続きがあるのなら、賑やかにしていけたらと思っております。

最後になりますが、一巻に引き続き、イラストを引き受けてくださり、素晴らしい世界観を構築してくださっているジョンディー様、J.タネダ様、私の相談に親身に対応くださった編集の遠藤様、一二三書房の皆様、支えてくれている家族、温かく見守ってくれている友人にもこの場を借りて、感謝申し上げます。

そして何より、素晴らしい多くの作品の中から本作を選んでくださった読者の皆様に心より御礼申し上げます。

広路なゆる

ダンジョンおじさん 2

発 行
2021 年 6 月 15 日 初版第一刷発行

著 者
広路なゆる

発行人
長谷川 洋

発行・発売
株式会社一二三書房
〒 101-0003 東京都千代田区一ツ橋 2-4-3 光文恒産ビル
03-3265-1881

デザイン
okubo

印 刷
中央精版印刷株式会社

作品の感想、ファンレターをお待ちしております。
〒 101-0003 東京都千代田区一ツ橋 2-4-3 光文恒産ビル
株式会社一二三書房
広路なゆる 先生／ジョンディー先生／ J. タネダ 先生

Printed in japan, ISBN 978-4-89199-716-8

※本書は小説投稿サイト「小説家になろう」（http://syosetu.com/）に
掲載された作品を加筆修正し書籍化したものです。